사랑에 관해 쓰지 못한 날

사랑에 관해 쓰지 못한 날

김준녕

채륜서

사랑에 관해 쓴 날보다 쓰지 못하는 날이 많았습니다.

특히나 사랑에 깊게 빠져있을 때는 사랑에 관해 쓸

엄두가 전혀 나질 않았습니다.

언어로 담아낼 수 없다고 단언할 수 있을 정도로

그때 느꼈던 그 감정은 거대하고 깊었으니까요.

이 책을 쓰기 시작한 2년 전에는 처음 당신을 만났을 때

처럼 머릿속이 하얗게 변했고, 손이 떨렸습니다.

그렇게 무수히 많은 글을 썼고 지웠습니다.

여름철 소나기처럼 감정은 오가길 반복하며

절 흔들었습니다.

어떤 때는 도저히 퇴고할 용기가 없어 원고 전체를

지우기도 했습니다.

주저하기도 많이 주저했고, 포기하기도 많이

포기했습니다.

왕의 치부를 기록하는 사관처럼 쓰지 말아야 할 것을

쓰는 것 같기도 했습니다.

결국, 놓았습니다.

술을 빚는 사람처럼 저만의 경험들을 헤치고 뭉쳐,

덩어리로 만들고는 마음 한편에 오래 묵혔습니다.

이윽고 그런 경험들이 있었는지조차 알지 못했을 때야,

즉, 사랑에서 멀어지고 나서야 저는 사랑에 관해 쓸 수

있었습니다.

어쩌면 작가란, 생애에 걸쳐 사랑을 기록하려 드는 직업

일지도 모르겠습니다.

작가뿐만 아니라 모든 예술가가 사랑, 그 하나를 온전히

담아내려 이리 목숨을 걸고 있을지도요.

왜 사랑에 관해 쓰려고 하는지는 아직 알지 못합니다.

이에 대한 답은 아마 왜 우리가 사는지와 매우 깊은 연관

이 있을 테니, 평생에 걸쳐 찾아보려 합니다.

여기 기록된 글들은 몸부림에 가깝습니다.

형식 없는 몸짓이라 때로는 시로, 때로는 에세이로 쓰였

습니다.

당신과의 사랑에서 시작된 이 글은 저에게서 멈추지 않고 세계로 뻗어갔습니다.

글, 사회, 인간, 자연 등 분야를 막론하고,

지난날들의 제가 느꼈던 사랑에 관해 담아내려 했습니다.

이 책을 읽으시고 나서 여러분께 제가 느낀 감정의 미세한 일부라도 전해졌다면,

그것으로 이 책의 사명은 다했다고 믿습니다.

마지막으로

부디 사랑하시길 바랍니다.

2021년 5월 김준녕

03 아, 그들은 내 맘에
그을음만 남기곤 사라졌구나

(04) **다시 만나면**
분명 좋을 이 사람아

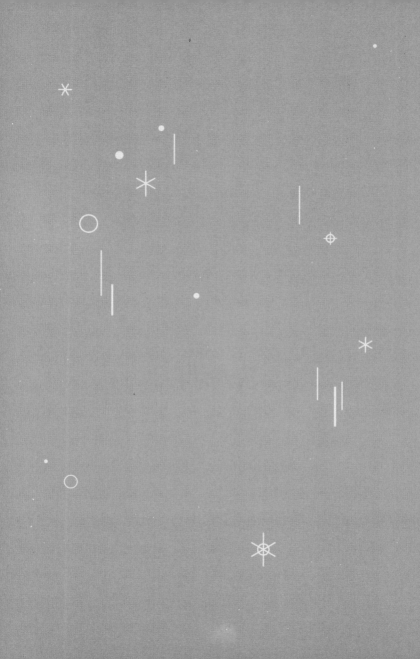

01

당신에게
지독하게
길들었나 봐요

신이라 불리는

신,

당신을 그렸어요. 아주 많이요.

제가 그림 많이 못 그리는 거 알죠?

그런데도 그렸어요.

미안해요. 신.

신,

내 모든 글은 사실 당신을 향하고 있어요.

사람들은 오해하고 있죠.

글, 각각은 아무런 의미가 없어요.

퍼즐처럼 한데 뭉쳐져서 당신에게 보여야 의미가

생겨요.

읽어주세요. 신.

신,

당신을 미워해요. 한때가 아니라, 지금도요.

처음에는 그저 지나갈 계절풍인 줄 알았는데,

아직도 나 흔들려요.

그래도 울고 싶을 때, 울 수 있어서 좋아요.

책이나 영화 티켓을 사지 않아도 돼서, 나 돈 많아요.

고마워요. 신.

신,

당신을 사랑했어요. 아니, 아직도 사랑해요.

사랑하는데도, 사랑한다는 말을 하지 않아요.

당신은 알고 있는지 묻지도 않네요.

보고 싶어요. 신.

쓰다 보니

쓰다 보니 모두 너에게 해야 했을 말들이다.

만나볼까, 같이 관계를 나누는 짜릿한 말들과,

사랑한다, 같이 몇 번을 말해도 달콤한 말들과,

헤어지자, 같이 한 번의 용기가 중요한 말들과,

보고 싶다, 같이 한 번쯤 말하고 후회할 말들을,

나는 여기에다 쓴다.

킥보드

잡초처럼 역 주변에는 전동 킥보드들이 가득하다.

사람이 탑승할 때면, 그것들은 짐승 울음 같은 소리를

내고는 자리를 박찬다.

사람들은 그것을 열심히 타고는 목적지에 버려두듯이

두고 떠난다.

버려진 킥보드는 그곳에서 다음 사람을 한없이 기다린다.

나는 벤치 옆에 반쯤 눕혀진 킥보드 하나를 본다.

배터리가 떨어져서 그런지 사람들은 그것을 한 번

움직여보고는, 옆에 있는 다른 것을 타고 떠난다.

저녁 늦게까지 그것은 그 자리에 있다.

자기를 채워줄 누군가를 애타게 기다리고 있는 것처럼

보인다.

홀로 바깥에서 새벽녘 이슬을 버틸 그것을 생각하며,

나는 밤을 제대로 보내지 못한다.

다음 날 자리에 그것은 없다.

망가져 폐기되지 않고, 누군가에 의해 사용되었기를

바란다.

비어있는 자리를 보며 날 떠난 널 생각한다.

봄

줄기가 잎의 생동감을 버티지 못해, 잎을 밖으로 내었다.

파르댕댕했다.

유채꽃이, 벚꽃이 폈다.

지난겨울 트리의 오색 전구들은 잊힌 지 오래다.

봄 햇살에 달궈진 꽃잎들이 별처럼 빛난다.

낙화를 보면 네가 떠오르기 마련인데,

어찌 아름답기만 하다.

더운 봄바람 때문인지,

너를 사랑하지 않았기 때문인지,

나는 알지 못한다.

팡세

팡세는 명상, 사색을 일컫는 말이다.

동시에 파스칼의 유고집인 '명상록'의 제목이기도 하다.

내 모교 도서관에서는 1인용 의자를 팡세라 부른다.

그것은 알을 세로로 자른 것을 허공에 매달아 놓은

모양새이다.

내부는 쿠션으로 가득하고, 벽에는 방음재가 붙어 있어

외부소음이 잘 들리지 않는다.

앉아서 바라본 풍경은 벌판이었다.

지금에야 온갖 건물들이 들어섰지만,

그때만 해도 무엇도 없는 벌판과 갈대밭뿐이었다.

소설책 몇 권을 들고서 그곳에서 시간을 보낸다.

아래에 벗어놓은 신발 한 짝이 처량하다.

책 내용에 빠져들기보다는 그곳에서 너와 보낸 시간을

그린다.

주정

빈속에 술을 채운 사람처럼 너를 토악질한다.
멀건 사실들이 나올 때까지 나는 펜을 부여잡고서
조용한 소릴 질러댄다.
백지에 쏟아진 너는 형체조차 알아볼 수 없다.
나는 너의 잔해들을 억지로 끼워 맞춘다.
때론 치어를 놓아주는 낚시꾼처럼
모두 훑어버리고 만다.
때론 네가 보고 싶어 억지로 속을 괴롭힌다.
손가락을 속에 넣어 휘젓는다.
그때 네가 쏟아져 나오는 모습은 흉하다.
나는 그런 널 볼 수 없어 치워버린다.
담배를 한껏 피우고서 커피를
구조된 조난자처럼 마신다.
정신이 맑을수록

너의 모습은 적지만,

온전하다.

이어폰

그 시절, 선이 달린 이어폰은 곧잘 주머니에서 풀 수
없을 만큼 꼬였다.
이 과정을 몇 번 반복하다 보면, 라면 다발처럼 줄이
꼬인 채로 허공에 대롱거리기도 했다.
그러다 끝내 단선되어 한쪽이 나오지 않았고,
얼마 가지 않아 전부 소리가 들리지 않았다.
일 년에 수 개의 이어폰을 갈아치워야 했다.
그래도 나는 추억한다.
우리는 이어폰을 각자 귀에 나눠 끼워도 선 때문에
멀리 갈 수 없었다.
아주 가깝게 서로를 마주해야 했다.
단선되어 들리지 않던 부분을 내 귀에 끼우고는
들리는 척 춤을 추었다.
너는 짧게 몸을 흔들었다.

소리는 들리지 않았으나, 무척이나 흥겨웠다.

마치 무성영화 속 한 장면 같았다.

황사

황사가 도시를 뒤덮었다.

타국에서 불어온 붉은 모래는 무참히 내 폐를 쑤셔댔다.

나는 이물질들을 토해내며 앓아누웠다.

창문 밖으로 보이던 모습들이 보이지 않았다.

눈을 게슴츠레 떴지만, 모두 형체만 보일 따름이었다.

실루엣들을 보다가 갑작스레 나타난 사람 형체를 보고

사레라도 들린 것처럼 기침을 해댔다.

너일까 싶었다.

물론 그럴 일은 없었다.

네가 있는 남해에는 적조가 심하다던데,

서울에서의 내가 기침을 해댄 만큼

적조가 사라졌으면 한다.

붉은 것은 붉은 것으로 사라지네.

길들임

당신이 가고, 며칠을 꼬박 앓아누웠어요.

오한이라도 든 것처럼 몸이 떨렸거든요.

몸을 누에처럼 이불로 감싸 보아도

떨림은 멈추지 않았어요.

병원에 갈 힘도 없어서 그냥 잤어요.

그것도 아주 많이요.

꿈은 꾸지 않았어요. 침대가 넓어서 그랬나 봐요.

깨서는 기듯이 방을 돌아다녔어요.

부엌에서 밥을 해 먹으려 했는데, 쌀을 안치지 못했어요.

한 명분은 해본 적이 없었거든요.

죽이 된 밥으로 대충 한 끼를 해결했어요.

다행히 기운이 조금 나서, 산책도 가봤어요.

여전히 날은 좋았고, 햇볕은 따사로웠어요.

걷는데, 균형이 맞지 않아 자꾸만 옆으로 기울었어요.

넘어질 것 같아서 벽을 짚고서

다시 집으로 돌아와야 했어요.

목줄이 없이는 현관에서 얼어버리는 개처럼,

당신에게 지독하게 길들었나 봐요.

각흘도

남해 여행을 갔다.

순천과 여수 그리고 진해를 거쳐 진도까지 걸음을
옮겼다.

항구에 승용차만 한 배가 정박해 있었다.

키잡이를 하는 어부가 보였다. 다가가 물었다.

각흘도에 가나요?

거절당할까, 마음을 졸였다.

멀미합니까? 아뇨.

그러자 그는 팔짱을 끼곤 나를 훑어보더니 무심하게
내일 새벽녘에 나오라 했다.

뱃삯은 기름값 명목으로 삼만 원이었다.

하루를 민박에서 꼬박 보냈다.

담배를 한 갑 태우다 보니 해가 뜨려 하고 있었다.

해가 온전히 나지 않은 바닷길을 걸었다.

누가 쫓아오지도 않는데, 자꾸만 뒤를 돌아보았다.

어부는 배에 어망을 실어놓곤 나를 기다리고 있었다.

할매 하나가 거기 살았는데, 요즘은 통 보이질 않아.

아, 예.

어부가 운을 떼었으나, 대화가 이어지지는 않았다.

섬까지 가는 길에 바닷바람이 거셌다.

작은 항구에 도착해 나를 내려주었다.

저녁에 데리러 온다고 약속하곤

어부는 그물질하러 떠났다.

나는 폐허가 된 파출소와 학교를 지나쳤다.

이제 사람 살지 않는 집들을 기웃거렸다.

풀이 마룻바닥에 자란 것으로 보아 사람 살지 않은 지
오래였다.

나는 해변을 걸었다.

계속해서 뒤를 향해 곁눈질했다.

여기에는,

있을지도 몰랐다.

그러나 내 발자국만이 모래에 진하게 남아 있었다.

누구도 없어 멸종된 짐승처럼 주저앉아 울었다.

신이라 불리는. 2

신,

밥은 잘 먹어요?

잠은 잘 자요?

귀찮게 물어봐서 미안해요.

나는 안 그래서 그래요. 신.

신,

어떤 사람이 다가왔어요.

당신처럼 키가 크지도 않고,

얼굴이 하얗지도 않아요.

심지어 나를 사랑한대요.

그런데 나 끌려요.

이렇게 당신을 사랑하고 있는데도요. 신.

신,

오늘 한 자도 쓰지 못했어요.

말갛게 빈 원고지를 그만 구겨버렸어요.

결국, 버린 글들에서 당신을 찾아요.

앞으로 무엇도 쓰지 못할 것 같아요.

나, 이대로 굶어 죽을지도 몰라요. 신.

신,

여기까지인가 봐요.

잡을수록 놓치고 있었어요.

내가 너무 세게 쥐어서, 당신은 이미 없어요.

다른 누가 올 공간도 함께 사라져 버렸어요.

신, 나 이렇게 살아도 되는 걸까요?

침묵해야 할 것들에 대하여

말하지 않으면 모든 게 아름다워져.

우린 연기가 아닌가 싶을 정도로 너무 잘 맞거든.

눈짓, 표정부터 식성, 음악적 취향,

집에 붙어있기 좋아하는 성격까지.

그렇다고 행복하지 않은 건 아냐.

넌 오롯이 날 사랑한다고 했거든.

넌 노력하는 게 아니라고 했거든.

그런데,

널 만나고부터 난 나의 추악함을 오롯이 바라보게 돼.

네 사랑이 휩쓸고 간 자리에는 과거가 피어올라.

과거가 집어삼킨 난 비겁한 사람이야.

감정을 꺼내놓지만 않으면 돼.

말을 속에 담아놓기만 하면 돼.

기다리다 보면, 너는 과거가 되겠지.

절벽

과정이 두려워, 이별하지 못했다.

이별에 이르는 과정이 너무나 아플 것만 같아서,

이별하면 다시는 누굴 만날 수 없을 것만 같아서,

너에게 어떠한 말도 꺼내지 않았다.

그렇게 시간은 흘렀고,

이별에 이르는 과정은 점점 녹이 슨 날처럼 처참하게

변해갔다.

너와 함께하기에는 서로의 살갗이 스쳐 붉게 변했고,

너와 이별하기에는 네가 아니면 안 될 것만 같이 느껴졌다.

주위 사람들의 충고, 조언은 남이라 가능한 말이었다.

한 번이라도 너와 사랑에 빠져 본 사람이라면, 그리

쉽게 단정 짓지 못할 것이다.

오늘도 나는 너를 괴롭히고, 너는 나를 목조이며

살아간다.

씀

어제는 종일 무엇도 쓰지 못했다.

심지어는 책상 앞에 앉기도 했는데,

나는 무엇도 쓰지 못했다.

오늘의 나와 내일의 나는 다르다.

오늘 쓸 수 있는 글은 내일 쓸 수 없다.

속에 담아둔 것들을 하나씩 꺼내어 줄지어 놓았다.

악몽, 기억, 가족, 친구, 글과 너까지.

원수를 바라보듯 쳐다보다,

어느 하나 손대지 못하고 내버려 두었다.

문득 책상에서 물러나 위胃에 좋다는 운동을 한다.

아직 네가 내게서 소화消火되지 않은 것 같았다.

점

너를 가지고 싶었다.

그래서 나는 내 일상부터 네게 내어주기로 했다.

초 단위의 점부터 달 단위의 선과 년 단위의 면까지.

내가 걸친 모든 차원을 네게 주었다.

그러나 너에게는 내 모든 게 점보다도 못했나 보다.

너의 침묵은 점으로도 나타낼 수 없었다.

나는 점점점한다.

끝말잇기

우리는 끝말잇기를 종종 했다.

남다른 승부욕 때문에 30분을 곧잘 넘겼다.

단어가 떠오르지 않으면 함께 고민하여 답을 냈다.

전화는 늘어진 단어길이만큼 길어졌다.

사랑을 시작하기 전에 너는 물었다,

언젠가 서로 말이 없어지면 어떻게 하느냐고.

나는 대답했다.

서로의 하루를 물어도 안 되면,

주위 사람들의 안부를 묻고,

그것도 안 된다면 세상의 모든 것에 대해 말하자고.

그래서 우리는 날마다 단어를 줄 세웠다.

가끔 단어를 솎아내어 그것에 대해 대화했다.

우리의 마지막 단어는 미안함이었다.

감옥

너의 미소 한 번에 나는 슬그머니 너에게 다가간다.
네가 나를 받아들였을 때, 나는 사랑이라는 이름의
감옥을 쌓아 올려 나를 가두어 놓는다.
너는 감옥 밖에서 죄수가 된 나를 본다.
나는 교주처럼 사랑에 관해 네게 설교한다.
너는 나를 이상하게 본다.
언제 자신을 보았다고, 저리 말할까.
나는 창살을 붙잡고서 네게 사랑을 갈구한다.
네가 사랑을 주지 않으면 풀이 죽어 구석으로 간다.
그리고 글을 쓴다.
네가 날 떠났을 때, 나는 미처 열쇠를 만들지 않았음을
알아차린다.
개처럼 그곳에서 널 기다린다.

눈치

당신이 싫어할 걸 알면서 사랑하진 않아요.

뇌를 녹여버릴 사랑에 빠졌지만, 그 정도 눈치는 있어요.

끝이 보이는 사랑을 하고 싶지 않아요.

둘 중 하나가 상대를 평생 사랑하리라,

마음먹었을 때 끊어질 사랑을 하고 싶지 않아요.

잡으면 식고, 놓으면 달아오르는,

그런 고양이 장난감 같은 사랑도 싫어요.

그저 평범한 사랑이 하고 싶어요.

눈속임

네게는 숨기지 않으려 했다.

나를 털어놓으며, 네게 이런 나라도 괜찮냐고 물었다.

너는 괜찮다고, 그간 어떻게 버텨왔냐며 나를 안았다.

나는 너를 믿었고, 너도 나를 믿었다.

그런데 눈속임이었나 보다.

나의 고백은 사실 너를 향하지 않았다.

내게서 출발해서, 내게서 멈췄다.

떼를 쓰는 어린아이처럼 네가 날 이해해야 하는 이유로

고백은 시작됐다.

드러낼수록, 감춰지는 눈속임이었다.

그때에만

네가 어디서 무얼 하고 사는지 궁금하다.

늘 드는 생각은 아니다.

걷다가 널 닮은 이를 보았을 때,

어쩌다 호감 가는 사람이 생겼을 때,

이렇게 그를 만나도 될까, 싶었을 때,

그를 만나 행복에 젖었을 때,

어쩌다 헤어졌을 때,

다시는 너를 만나지 못할 거라 생각이 들었을 때,

그래서 술에 취해 흐느적거렸을 때,

그때에만 너를 생각했다.

반추

돌이켜 본다.

난 너에게 뭐였나.

가슴 떨린 사랑이었나.

스쳐 지나갈 사랑이었나.

사랑이 맞긴 했었나.

사랑이 아니었다면 우리가 한 건 무엇이었나.

사랑에 가까운 무엇이었나.

그렇다면,

행복이었을까.

행복을 가장한 추악한 감정들이었을까.

거짓에 쌓아 올린 진실은 진실인가.

위선은 선이 아닌가.

그럼 너로 인한 나의 발전은 무엇인가.

끄집어낸다.

소

육식을 즐겨한 탓인지 위부터 식도까지 박하라도

물고 있는 것처럼 맵다.

초식이 되지 못한 내 종種의 운명은 가련하다.

뭐든 먹을 수 있어,

뭐든 먹을 수 없는,

이 탈락한 개체는 탈진한 개처럼

불상 앞에 고꾸라져 빈다.

소는 지천에 깔린 풀을 득도한 승려처럼 씹어댄다.

소처럼 위가 4개였다면,

속에 있는 걸 끄집어내곤,

끊임없이 씹어대며,

널 소화했겠지.

오지 않을 연락을 기다리며

넌 내게 앞으로 어떤 연락도 하지 않을 것이다.

내가 아무리 어미 잃은 새끼처럼 버둥거려도,

넌 모성애 없는 야생처럼 날 지나쳐 갈 것이다.

내가 곧 죽을 사람처럼 피를 토해내도,

넌 건너편 환자의 보호자처럼 애써 못 본 척할 것이다.

그런데도 난 여기 앉아 기다린다.

배가 침몰하는 것을 두 눈으로 보았음에도

남편을 기다리는 망부석 연인처럼

오지 않을 연락을 기다리며,

내 속에서 너를 빌어먹는다.

과거

우리가 보는 모든 것들은 과거의 것이다.

우리가 어떤 물체를 인식하는 과정은 광원에서 시작된 빛이 물체에 반사되어, 눈에 들어와야 하고, 맺힌 상을 뇌가 해석하는 것으로 마무리된다.

이 과정을 거치지 않고서는 우리는 물체를 인식하지 못한다.

대상과 거리가 멀어질수록, 이 괴리감은 더욱 커진다.

그래서 그런가.

내게서 멀어진 너를 보면서 옛 생각을 떠올리는 것도 어쩌면 당연한 일일지도 모른다.

수십의 너

수십의 너를 만났다.

개중 온전한 너는 없었다.

다들 하나씩 너의 부분을 가지고 있었다.

누구는 너처럼 큰 눈을,

누구는 너처럼 날 선 코를,

누구는 너처럼 꽃잎 같은 입을,

가지고 있었다.

그것만으로도 사랑하는 데 어려움이 없었다.

그 부분만 봐도, 널 떠올릴 수 있었으니까.

종종 온전한 너를 떠올린다.

모든 부분이 한데 모여 완성된 그것은,

이제 내 세상에 없다.

붙잡을 수 없는 것을 붙잡으려 하는 모습이 애처롭다.

오늘도 너를 만난다.

미안함과 고마움

나는 너의 미안함을 바란 적 없다.

너에게 도움이 되기 위해 나를 내어주었다.

내게 울며 용서를 비는 너를 보고 싶지 않았다.

스스로 좀먹는 너를 원했더라면,

나는 나서지 않았을 것이다.

미안하다는 말보다는 고맙다는 말을 듣고 싶었다.

단지 그뿐이었다.

바쁘게 살기

무언가를 잊기 위해서는 바쁘게 살아야 한다.

몸을 쉬지 않고 움직이며, 온 신경을 곤두세운다.

지쳐 쓰러질 정도까지는 아니더라도,

바로 침대에 누우면 잠들 정도의 피곤함을 유지하며

하루를 살아간다.

문득 네 생각이 나면, 어느새 너는 없다.

내가 멀찍이 걸어와서 그런가 보다.

숫자

바야흐로 숫자의 세계다.

관리와 시술로 보이는 나이는 의미가 사라졌고,

보정과 필터로 사진은 현대 기만술의 선봉장에 섰다.

예술의 가치는 돈으로 표시된다.

아이를 낳아야 하는 이유는 낮은 출산율로 제시된다.

원고지 매수대로 나는 돈을 받는다.

내용보다는 내가 가진 평판으로 작품의 가치가 정해진다.

나란 사람은 팔로워 수와 판매량으로 측정된다.

네가 날 떠나는 이유는 작가의 평균 수명이

61세이기 때문이라 했다.

우리는 1만큼 사랑하려 했고,

2만큼의 시간을 함께 보냈으며,

3만큼의 후유증을 내게 남겼다.

'널 사랑했다.'는 4음절짜리 사랑이었다.

어렸다면

단지 보이는 것만 따라가도 사랑을 할 수 있던

그때였다면,

책임질 것 없이, 자신을 있는 그대로 던질 수 있던

그때였다면,

우리도 사랑할 수 있었을까?

그건 누구도 알지 못한다.

그때의 너는 누구보다도 빛났고, 아름다웠을 테니까.

그때의 나는 무엇 하나 가지지 못한 추한

사람이었으니까.

오늘이기에 너와 만날 수 있었던 것 아닐까?

이 물음에 답을 해줄 사람 어디 없어, 자꾸만

이런 물음들을 여기에 쓴다.

구멍

행여 신발에 난 구멍 보일라,
왼발을 절름발이처럼 끌며 걸었다.
네 뒷모습이 예쁘다며 난 네 등을 밀었고,
뒤에서 발가락을 꿈틀거리며 구멍을 애써 가렸다.
드러나지 않는 가난은 가난이 아니라,
셔츠를 다림질하여 풀 먹인 듯 새것처럼 만들고,
속옷에 묻은 먼지를 털어낸다.
쓸수록 가난해짐은 당연한 것인데도,
글도 그런 것인지 알지 못했다.

피난

너와 헤어지고 나는 도시를 떠났다.

어디든 너의 흔적이 가득한 이 도시에 풀이 죽어,

피난민처럼 쫓기듯 떠나야 했다.

역까지 향하는 길에 어떤 사고도 나지 않기를 바랐다.

지하철이 멈추지 않기를, 버스가 막히지 않기를,

파리처럼 빌고 또 빌었다.

다행히 신호 한 번 걸리지 않고서 역에 도착했다.

나는 가장 가까운 시간대의 열차에 올라탔다.

목적지는 도착하고 나서야 알았다.

꿈을 꾸는 사람처럼 너의 도시가 멀어져 가는 것을

보았다.

그제야 너를 그리워할 수 있었다.

촛불

서로의 높이에서 눈을 맞추던 과거와는 달리,
이제 우린 억지로 까치발 들고 서로를 본다.
이마에선 식은땀 흐르고, 호흡이 거칠어진다.
사랑하기에 참고 견딘다.
어깨에 담이 오고, 종아리에 쥐가 날 즈음에
사랑은 늦여름 무더위처럼
진한 여운을 남기곤 떠나 있다.
유리병 속 촛불의 수명은 불의 크기가 커질수록 줄어들
고, 우리의 사랑은 사랑할수록 작아져 간다.

두께

그릇은 그 두께가 얇을수록 빠르게 식어 내립니다.

반대로 두께가 두꺼울수록 데워지기는 더 느리게

데워집니다.

양은 냄비와 돌솥을 떠올리면 이해가 쉽겠습니다.

사랑도 마찬가지라 마음의 벽이 얇은 사람일수록 쉽게

온도를 빼앗깁니다.

상처는 마음에 흉을 만들고,

그 흉으로 열은 쉬이 빠져나갑니다.

반대로 흉터로 타인의 온기 또한 너무도 빠르게 전해져,

사랑인지, 동정인지, 연민인지도 모르게

관계에 쉽게 빠져버리기도 합니다.

어린 시절에 겪은 상처일수록 흉은 짙어지고,

치료되지 않을수록 상처를 중심으로 전체적인 마음의

벽은 얇아져만 갑니다.

두께. 2

이제 마음을 믿지 않으려 합니다.

감정은 기능을 잃은 지 오래입니다.

쓰다 보니, 상처를 긁어내려다

벽까지 긁어내어 버렸습니다.

두께가 너무도 얇아서 빛이 비치는 것 같습니다.

감정을 숨기기엔 서툴고,

다가오는 감정엔 쉬이 휘둘립니다.

스파크처럼 튀어 올랐다 꺼지는

제 감정은 서로를 헤칩니다.

두꺼운 사람이 되고 싶습니다.

금방 달아오르고, 식어버리고 싶지 않습니다.

차라리 사랑을 조절하는 스위치라도 있다면,

영원히 꺼 둔 채로 살아가고 싶습니다.

쓴다

너 없는 밤,

서랍에는 부치지 못한 편지들이 가득하다.

베란다 밖 낯선 짐승의 울음들이 들려오고,

난 누렇게 뜬 벽지를 종이 삼아 또 쓴다.

'날씨가 맑아요.'라고 썼다가 지운다.

'거긴 어때요.'라고 썼다가 눈 감는다.

'사랑했어요.'

입 모양까지 지어본다.

끝내, 쓴다.

'이젠 쓰지 못할 것 같아요.'라고.

담 무너뜨리기

인부가 벽돌 담을 망치로 두들깁니다.

둔탁한 소리가 나며, 돌가루가 흩날립니다.

위부터 차례로 부수지 않습니다.

인부는 담의 중앙을 거칠게 내려칩니다.

행인들이 싸움이라도 보듯이 멈춰 서서 그 모습을
봅니다.

쩍, 하고 뼈 부러지는 듯한 소리를 내며 담은 무너져
내립니다.

인부는 땀을 훔쳐내고는 이제는 남은 벽들에 망치를
휘두릅니다.

묵직한 파열음이 제 귀를 때립니다.

인부의 거친 숨소리가 가득합니다.

당신을 가둬놓은 마음의 담에 손도 대지 못하는
저를 떠올리며, 퍽 서글퍼집니다.

중독

너를 잃고, 나는 광인처럼 거리를 걸어 다녔다.

뒤로는 갈 수 없었고, 앞으로만 가야 했다.

가다 보니 바다로 길이 막혀 옆으로 기어야 했다.

해변을 따라 기다가, 절벽에 걸쳐진 의자를 마주했다.

조금이라도 삐끗하면, 테라 포트 더미에 빠질 것만

같았다.

나는 그곳에서 앉아 일렁이는 바다를 보았다.

밤이라, 꼭 너의 머릿결 같았다.

글을 써야만 했다.

그래야만 내 속의 너를 비워낼 수 있었다.

연락

널 잊었다는 내 다짐은 '보고 싶었다.'는 말 한마디에
녹아내렸다.
널 다신 보지 않을 것이라 결심도 많이 했고,
널 미워하기도 많이 했고,
그간, 다른 사람도 만나면서 네게서 느꼈던 사랑을
조금이나마 느꼈다.
스스로 사지를 끊어내는 고통으로
너와의 연락 수단을 지워냈으나,
기억을 죽이지는 못해 네게 오늘도 연락한다.
사랑한다는 말이 입안에 맴돌지만,
사라진 고어古語처럼 오늘날에는 할 수 없어 끝없이
말을 삼켜낸다.
모든 순간 난 뜨거운 아스팔트를 혀로 핥고 있는 듯하다.

겨울에 아아

넌 곧 죽어도 아이스아메리카노를 마셨다.

추위에 몸을 떨며 카페로 들어서도,

언제나 메뉴는 아이스아메리카노였다.

눈이 내릴 때면, 너는 집에서 아이스크림을 먹었다.

눈을 그대로 퍼온 것 같은 요거트 아이스크림 말이다.

넌 붉은 입술을 옴싹달싹하며 숟가락을 바삐 움직였다.

그리고는 배에서 소리가 난다면서 얼굴을 붉혔다.

이열치열이 아니라 이한 치한이라며,

넌 자기 몸을 믿는다고 했다.

난 이상하게도 이 더운 여름에 너를 떠올린다.

여름 광장에 쌓아 올린 얼음 조각들을 보며,

아지랑이 핀 도로 위에 걸린 아이스크림 광고를 보며,

얼음 무너져 내리는 아이스아메리카노와 더운 몸을 한

너를 떠올린다.

구걸

스스로 버티지 못하게 되었을 때,

비로소 나를 지탱해준 많은 것들을 체감하게 된다.

사람은 홀로 살아갈 수 없다.

아무리 홀로 살아가려 해도, 우리는 지구라는 작은

행성에 갇혀 있어 서로에게 영향을 줄 수밖에 없다.

여기서 구걸은 우리 모두에게 필연적으로 발생한다.

나는 내가 되기 위해 너와의 관계를 구걸한다.

네가 없으면 나는 더는 내가 아니게 된다.

오늘도 너에게 나를 구걸한다.

어떻게 우리 같은 사람이
사랑할 수 있어요?

우린 이기적이에요.

하날 먹어도 나눠야 하고,

바쁜 날에도 만나야 해요.

세상엔 연인이 솔찬히 많아서,

이해와 배려는 거길 먼저 갔나 봐요.

우린.

행복도 함께해야 해서,

서로가 가진 행복을 갈라요.

반으로 잘린 행복에서는 슬픔이 쏟아져요.

욕을 하면 함께 욕하고,

울면 다른 하난 성내요.

슬픔이 둘에게 가득해져서야 우린 멈춰요.

어떻게 우리 같은 사람이 사랑할 수 있어요?

내가 아직 만나지 않은 그대에게

먼발치에서 나를 보곤 그대의 마음에 들지 않으면

떠나주세요.

들고 온 꽃을 주려 하지 말고,

눈짓을 주려고도 하지 말고.

말없이 걸음을 뒤로 옮겨주세요.

마침 바람이 서로를 향해 불었을 때,

누구 하나가 몸을 긁는다면,

당신은 떠나야 해요.

어떤 좋은 향기라도 코끝이 간질거리면,

나는 떠나야 해요.

손을 맞잡으려 할 때, 너무 차갑거나, 덥다면,

손을 거두어 주세요.

설령 우리 함께한다 해도,

우리는 서로의 열기를 견디지 못해,

뜨거운 땀을 얼굴에 흘리고 말 테니까.

네가 과거를 말했을 때
난 미래와 이별했다

내 엎드려 자는 행동은 유년 시절에서 왔다고
너는 말했다.
아마도 우리 엄마가 등에 날 업고서 잠들었을 거라고.
내 다리 떠는 행동은 학창 시절에서 왔다고 너는 말했다.
불우한 가정환경 때문에 불안함이 생긴 거라고.
내 이상형은 첫사랑에서 왔다고 너는 말했다.
비슷한 얼굴과 생김새는 아니더라도, 성격만큼은 다
비슷했으니까.
네가 과거를 말했을 때, 나는 미래와 이별했다.
나는 너를 안고서 잠들고 싶었다.
나는 너와 함께 조용한 방에서 책을 읽고 싶었다.
나는 네가 마지막 사랑이기를 바랐다.

크는 사랑

사랑은 서로를 먹고 커요.

나의 일부를, 당신의 일부를,

나눠 먹으며 자라요.

내놓지 못하면 사랑은 자라지 못해요.

하나만 먹으면 사랑은 그만큼만 자라요.

죽은 사랑에는 무엇을 먹여도 자라지 않아요.

사랑만으로는 사랑할 수 없어요.

독獨과 독毒

본래 옆자리는 비어있기 마련인데, 오늘따라 어색하다.

둘이라면 보지 않을 바깥 풍경을 눈여겨보다 창을 본다.

창에 비친 내 모습이 꼭 독 품은 두꺼비 같다.

홀로 있다 보니, 쌓인 독들이 볼에 모여 있다.

그것들은 말에 붙어 주위를 어지럽힌다.

속으로 삭히려 하지만, 약이 없어 그러지 못한다.

네가 돌아올 때까지, 나는 볼을 부풀리고서 독을 뱉어

낸다.

섬세하지 못한

너보다는 나를 더욱 사랑한다.

너의 일보다, 나의 일을

너의 꿈보다, 나의 꿈을

나는 사랑한다.

내 섬세하지 못한 성격은 거기서 기인했다.

나를 넘어서는 사랑은 더는 할 수 없을 것 같다.

신이라 불리는. 3

신,

당신에게 문자를 보냈어요.

번호를 저장하고,

'5월이에요.'라 쓰고,

전송 버튼을 누르기까지,

1분이 채 걸리지 않았어요.

마음먹기까지는 2년이 걸렸는데 말이에요.

신,

나, 머리가 꽤 좋은가 봐요.

8자리 숫자를 2년이 넘도록 기억하고 있어요.

심지어 술에 잔뜩 취해서 제가 있는 곳조차도 모를 때도,

숫자 하나 없는 백지를 바라보고 있을 때도,

그 숫자만은 온전히 기억하고 있어요.

이미 수백 번이나 전화번호부에서 지웠는데도 말이에요.

신,

아마 다음은 없을 거예요.

한 번은 실수지만,

두 번은 의도예요.

나 그 정도로 눈치 없지 않아요.

벌써 세 번째 당신에게 매달리고 있지만 말이에요.

신,

고마웠어요.

그 말밖에 할 수 없네요.

다른 어떤 말들도 변명 같고, 미련 같아요.

스쳐 가듯 흘러간 사랑은 아니었길 바라요.

잘 살아요. 신.

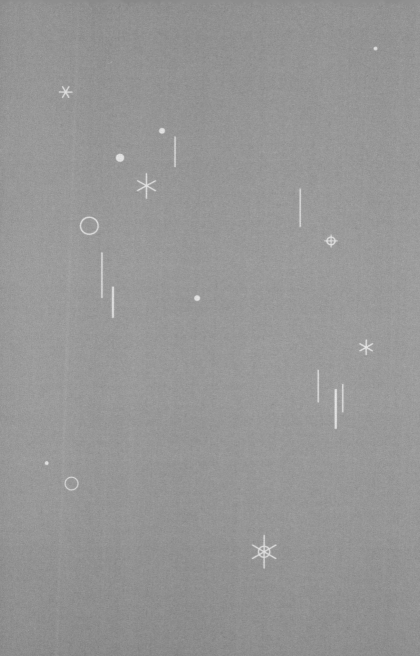

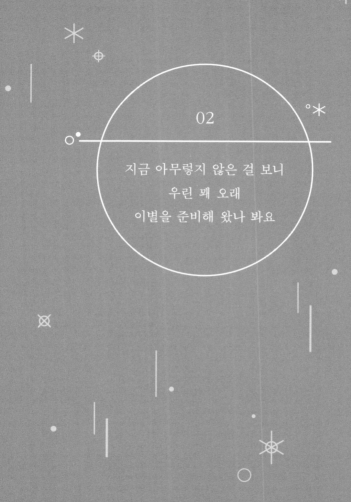

02

지금 아무렇지 않은 걸 보니
우린 꽤 오래
이별을 준비해 왔나 봐요

숙성

아픔이 글이 되기까지.

충분한 시간이 필요한 것 같습니다.

지금 쓰기에는 말보다는 감정이 앞서서,

글씨가 알아볼 수 없게 날립니다.

마음에 담아두고, 또 담아두어,

말로 나올 수 있을 때까지, 참아보려 합니다.

축원문

살아갈수록 행복을 비는 존재가 많아진다.

축원문이 여름철 고지서처럼 길어진다.

중의 어조가 따라서 늘어진다.

나를 사랑해준 그가 다치지 않기를 바란다.

내가 사랑했던 그가 웃으며 살기를 바란다.

우리가 사랑한 그가 행복하기를 바란다.

내게 상처를 준 그마저도 잘 살아가기를 바란다.

힘줄을 끊는 듯한 고통 속에서 나는 중의 독송讀訟에

맞춰 절한다.

홀로

너는 갔고, 나는 남았다.

길게 시간 두고 하늘을 본다.

구름이 떼를 지어 가고 있다.

갈매기는 날고, 돌은 바람에 구르며, 물은 흐른다.

어느 하나 멈춘 게 없다.

어쩌면 내가 움직이고 있는 걸지도 모른다.

물웅덩이

어제는 태풍이 몰아쳤다.

비가 억수같이 쏟아졌고, 바람이 간판을 쳐댔다.

아침이 되니 어젯밤의 소란이 바닷가 바위 사이에 생긴

물웅덩이에 남아 있었다.

웅덩이에는 온갖 것들로 가득했다.

갯강구, 따개비와 같은 바다 생물과 젖은 모래,

그 속에는 내 얼굴도 있었다.

혹시 네가 태풍에 다칠까 걱정하며 잠을 뒤척였더니,

얼굴이 상해있었다.

들여다보면 볼수록 웅덩이에는 모든 것이 들어있었다.

그런데.

너만 없구나.

괜히 물웅덩이를 신발로 헤친다.

신호

간혹 건너려는 횡단보도의 신호가 바뀔 때가 있다.

멀리서 사람들은 가방을 조여 매거나,

물건을 손에 쥐고서 달린다.

번쩍이는 푸른빛에 몸을 내던지는 나방처럼 말이다.

사람들은 무심하게 날 지나쳐 간다.

줄에 매인 개도 제 주인을 따라 혀를 내밀며

시멘 바닥을 발톱으로 끈다.

대기 중인 차들은 흥분한 경주마처럼 엔진 소리를 내며

사람들을 재촉한다.

그러나 나는 달리지 않는다.

천천히 걸으며, 그들이 가는 모습을 본다.

이윽고 신호등에 빨간 불이 들고, 나는 멈춰 선다.

내가 갈 길을 내다본다.

어쩌면 네가 기다리고 있을까 고개를 기웃거리며 말이다.

멀티버스

그곳에서는 그 누구도 이별하지 않기를 바란다.

그곳에서는 슬픔이라는 감정이 없기를 바란다.

깨진 유리 조각이 다시 모이고,

내가 내쉰 숨이 오롯이 너에게 닿기를 바란다.

어딘가에는 에덴이 있겠지.

저기 멀리에 흔들리는 불씨처럼 내 세계를 향해

손짓하고 있겠지.

그곳에서도 우리가 사랑하기를 바란다.

그곳에서도 우리가 우리이기를 바란다.

막날

헤어지는 날이 막날이라면 쉽게 떠나지 못할 것
같습니다.
막날을 잠시 미루고자,
아직 영글지 못한 꽃을 당신께 드리고 싶습니다.
하루 지나 온전히 피는 꽃을 보며,
당신이 그 꽃과 같은 웃음을 지었으면 합니다.
활짝 핀 꽃이 얼마나 아름다운지 알고 있으면서도,
보고 싶어 고개를 뺄지도 모릅니다.
그때는 이미 당신과 저는 하루만큼 멀어져 있을 테고,
온전히 피어난 당신의 뒷모습을 바라보겠지요.
그제야 당신을 보낼 수 있습니다.

시

너를 보다 말을 잃었다

잃을 수 없는 것을 잃었다

봄, 나무, 냇물, 어머니, 아버지, 형제, 자매들

새길 수 없는 벽에 이름을 새기려 손으로 문대어 본다

그슬린 자국은 그들의 이름이 아니다

거뭇한 얼룩도 그들의 이름이 아니다

너를 보고 나니 그랬다

너의 모습은 신화 속 신들조차도 담아낼 수 없다

너를 조금이라도 남길까

너와 맞잡은 손으로 벽을 문지른다

비

비는 단순히 무언가를 젖게만 하지 않는다.

침투하듯이 사물을 적시고

그 본질을 아래로 침전하게끔 한다.

어쩌다 우산이 없어 비가 몸을 적실 때면

마음도 함께 물을 머금어 무거워진다.

마음은 서서히 아래로 내려간다.

그리고 만난다.

가장 밑바닥에 자리한 너를 말이다.

어른의 사랑

사랑한다면 놓아주어야 합니다.

둘이서 하지 않는 사랑은 사랑이 아닙니다.

말은 이렇게 하면서도, 사랑 앞에서 비굴해지는 건

어쩔 수 없나 봅니다.

혹시나 붙잡으면 돌아설까 괜한 기대를 했습니다.

내게는 그렇게 소중했던 사랑이 그대에게는

괴롭힘이었습니다.

이 사랑의 다른 말은 이기심일지도 모릅니다.

나의 사랑은 오직 나만의 행복을 위해 당신을 갉아먹는

처사였습니다.

점점 사랑하기가 어려워집니다.

사랑이라는 감정에 뛰어들기 전에 온갖 무거운

안전장치들을 짊어집니다.

다치지 않으려 애매함을 앞세우며 능글맞아집니다.

그대가 가면, 난 이제 어른의 사랑을 하겠지요.

미지근한 사랑을 하고, 이별에 익숙해지고,

만남 자체에 지쳐 가겠죠.

아이의 사랑을 바라기엔 우리는 너무 커버렸습니다.

질림

일상이 익숙하다 못해 질려 버린다.

일도 손에 잡히지 않고, 체한 것처럼 가슴이 갑갑하다.

하던 일을 덮어 놓고는 식은 커피를 마신다.

원두를 그날따라 오래 볶았는지, 탄 맛이 진하다.

조퇴한 아이처럼 집으로 곧장 가지 않고 밖으로 나돈다.

비가 오려는지 구름이 가득해 옷깃을 여민다.

도로에 흩어진 자갈을 따라 걷다 보니 어린이 공원이다.

고개를 안으로 들이밀며 나 같은 어른이 있나 본다.

풀 내음 진하게 올라오고, 나비가 떼 지어 철쭉밭으로

다가간다.

나도 모르게 금을 넘었다가,

미끄럼 타는 아이의 웃음에 슬그머니 발을 뺀다.

집까지 가는 길은 왜 그리 가까운지,

흐렸던 날씨는 왜 갑자기 개이는지,

쓰지 못할 이야기를 왜 쓰려 하는지.

걸음마다 생각을 놓으려 애쓰며 간다.

반지

어떤 일을 석 달쯤 반복하다 보면 습관이 된다.

최근에 생긴 습관은 왼손 네 번째 손가락을 엄지로

긁는 것이다.

아마 반지를 낀 지 오래라 그런 버릇이 생긴 것 같다.

문제는 환상통을 겪는 환자처럼 반지가 없는 데도

계속해서 긁어대는 것이다.

땀이 차지도, 거슬리지도 않는데도 말이다.

우물

우물 하나가 사막 가운데에 놓여 있다.

그에 매달린 나무 동이로 나는 물을 퍼 올린다.

속을 완전히 비울 생각이다.

동이에 담긴 물을 바닥에 뿌리고, 또 뿌린다.

쉬지 않고 반복한다.

모래 바닥에 그림이 그려지다, 웅덩이가 생긴다.

물줄기가 거세지고, 강 비슷한 무언가가 만들어진다.

햇살에 증발하는 만큼 나는 계속해서 우물에서 물을
퍼 나른다.

비워지기만을 바랐는데, 돌아보니 어느새 주변에
가득하다.

말 없음

말을 나눌 상대는 없고, 들려오는 말들만 가득하다.

나처럼 혼자서 여행하는 사람은 많지 않다.

보통 둘이서, 셋이서.

가게에서 가장 빨리 식사를 마치는 사람은 나다.

나보다 일찍 온 연인들보다도 먼저 가게를 나선다.

나는 핸드폰도 보지 않고서 밥만 묵묵히 먹는다.

속이 답답하고, 체한 것 같다.

천천히 먹으라는 너의 말이 없어서 그런가 보다.

미끄러지는 밤

달이 가는 대로, 고개도 기웁니다.

도로에서 들려오는 경적 소린 매섭게 나를 깨우지만,

생각은 한데 붙어있지 못하고 흘러내립니다.

모래시계처럼 제 바닥에 닿은 그것을 계속해서

뒤집습니다.

그 세계에 난 이렇지 않았겠지요.

그때의 난 왜 그랬을까요.

반추 뒤에 따라오는 현실은 미끄럽기만 합니다.

멸치 가득한 그물에서 잡어를 솎아내는 어부의 심정으로

미끈거리는 속을 파헤칩니다.

축축함

몇 주째 비가 내리지 않고 있어요.

임자 없는 땅은 갈라져 제 속을 드러내고 있고,

버스 유리에는 먼지들로 가득해요.

층을 나누어 쌓인 모습이 사막의 벽돌집 같아요.

이렇게 건조한데, 내 발걸음은 축축해요.

달팽이처럼 느릿하게 진득한 발길을 남겨요.

하루에도 몇 번씩 지난 길들을 좇아요.

집에 돌아오면 바짓단이 젖어 있어요.

비라도 내리면,

이 혼적은 바다처럼 거대해져서 나를 삼켜요.

미안해요. 당신이 물길에 닿을 일은 없을 거예요.

몸을 한껏 적시고 돌아온 나는

곧 있을 장마를 기다려요.

편지

너에게 하고픈 말들이 많다.

일상적인 말에서부터 익숙하지 않은 말들까지.

인간이 쓰는 모든 언어로 네게 말하고 싶다.

내 마음이 오롯이 네게 전해질 수 있다면 말이다.

그러나 그것들을 편지에 담아낼 수는 없을 것 같다.

그 편지가 너에게 닿지 않을 것을 안다.

쓰는 것과 읽는 것은 엄연히 다른 행위라는 것을 안다.

우리가 서로 다르다는 것을 안다.

그럼에도 나는 부단히 쓴다.

그렇게 쓰인 편지를 우체통이 아니라 서랍에 넣는다.

너를 위해 쓰인 편지는 너에게 전해지지 못하고,

내게 남는다.

바닥 파기

장마가 오기 전에는 항상 하수구 바닥을 파야 했다.

장화를 신고는 삽을 한 자루 들고서 하수구 아래로
내려갔다.

오물 냄새에 정신이 아득해졌으나, 삽질을 멈출 수는
없었다.

바닥이 보이지 않을 정도로 오물은 단단히 쌓여 있었다.

피부가 모기라도 물린 듯이 근질거렸고, 땀이 옷 안을
가득 채웠다.

우리는 돌처럼 굳어버린 오물 덩이들을 위로 퍼 올렸다.

차고지에서 샌 기름이 들어갔는지, 기름 냄새가
구덩이 안을 메웠다.

하루를 꼬박 일하자, 그간 고여 있던 구정물이 쓸려 갔다.

이후로 장마가 쏟아져도 하수구는 막히지 않았고,
물이 역류하지도 않았다.

나는 가끔 마음의 바닥으로 간다.

가장 아래에 단단히 굳어 있는 오물들을 글이라는

삽으로 부수고 퍼 올리려 한다.

아주 먼 과거부터 오늘까지,

나와 엮여 있는 그것들을 내 손으로 치워야 한다.

곪아버린 상처에서 나는 냄새가 심해도 참고서

마주해야 한다.

그래야 몰려올 장마에 대비할 수 있으니까.

열

요즘에는 열이 두렵다.

어쩌면 무시무시한 병에 걸렸을지도 모르니.

내가 아픈 것은 상관없지만, 내 주변이 나로 인해

아프게 될까 걱정한다.

예전에는 아픈 것을 숨기는 게 미덕이었다.

내가 없으면, 누군가 나를 대신해서 일해야 하니까.

아파도 참고 출근해야 했다.

오늘날에는 아플수록 드러내는 게

서로를 위하는 것이다.

서로를 아프게 하지 않게 하려면.

마음도 그랬으면 한다.

내 아픔을 네게 말하고 싶다. 네 아픔을 나는 듣고 싶다.

너를 위해, 그리고 나를 위해

나는 그러고 싶다.

사랑, 사람

처음 만난 이에게 사랑을 고백했습니다.

본 적 없는 그대에게 보고 싶었다고,

그리워했노라고 말했습니다.

그대는 웃어넘겼지만, 그 순간만큼은 진심이었습니다.

어떻게 그리 빨리 사랑을 말할 수 있냐고

그대는 내게 물었습니다.

저는 답하지 못했습니다.

속을 끓이다 감정을 죽이지 못하고, 돌아누웠습니다.

홀로 응어리진 마음을 들여보았습니다.

어쩌면 저는 사랑을 사랑하는 걸지도 모릅니다.

시위가 당겨진 활처럼 이미 속에 준비된 사랑이

당신에게 갔습니다.

사랑, 그 자체를 사랑하기에 누구에게든 사랑을 말할 수
있는 것 같습니다.

사랑은 사랑으로 사랑할 수 없었다

늘그막 밥 짓는 냄새

공터, 코를 후비는 짙은 쇠 냄새, 간질이는 풀 냄새

방역차 연기에 담겨 날리던 여린 감정은 어디에

매캐한 냄새에 난 눈물지어야 했다

어머니 품에 안겨 고개 젓는다

왜 우리는 사랑을 잃어버린 걸까요

사랑을, 사랑은, 사랑이, 사랑도

덧붙인 조사에도 사랑은 돌아오지 않는다

아버지 발끝에 입을 맞춘다

왜 우리는 사랑 없이 사는 건가요

사랑한다, 사랑해서, 사랑 때문에

따라온 설명에도 사랑은 시작되지 않는다

사랑은 사랑으로 사랑할 수 없었다

지금 아무렇지 않은 걸 보니

우린 꽤 오래 이별을 준비해 왔나 봐요

우린 서로 사랑했었죠.

함께 하려 했고, 하나라도 더 주고 싶어 했고, 같은 길을

걸어가려 했으니까요.

이게 사랑이 아니면 뭐가 사랑이겠어요?

그러나 길은 달랐고, 우리는 갈라졌어요.

같은 방향으로 간다고 믿었는데, 기찻길처럼 조금씩

틀어져 있었어요.

멀어지는 서로를 잡으려 팔을 뻗었지만, 팔이 빠질 것

같이 아플 뿐이었죠.

당신이 용기를 내어 먼저 놓았고, 따라서 저도 놓았어요.

멀리 가는 당신을 보아요.

무표정의 표정조차도 보이지 않는 곳까지

당신은 가버렸어요.

지금 아무렇지 않은 걸 보니 우린 꽤 오래 이별을
준비해 왔나 봐요.

외로움 증폭 장치

외로움에 시작한 관계는 아이러니하게도 만남의 순간에

관계의 목적이 달성되어버리고 맙니다.

바로, 외로움의 해소입니다.

이제 관계는 부유浮游합니다.

물살은 대부분 부정적인 곳으로 흐르죠.

단점이 보이기 시작합니다.

외모는 내 스타일이 아니고,

말을 할 때 피곤하고,

만나서는 뭘 해야 할지 모르겠습니다.

종국에는 관계를 회피하다가 서로 상처를 입고 떠납니다.

다시 외로워진 이는 또 같은 실수를 반복하겠죠.

사람이란 게 참 잔인합니다.

버림

이제 나를 버리려 합니다.

당신이 절대 찾을 수 없게,

깊디깊은 동굴 속에 묻어두려 합니다.

비가 오면 물이 불어나는 곳이면 좋겠습니다.

물이 범람해, 본디 풍경을 몰라보게 바꾸었으면 합니다.

지도도 소용없고, 기억도 무의미합니다.

그렇게 흩어져 흔적조차 남지 않기를 원합니다.

그래도, 가끔은.

내 생각을 해주기를 바랍니다.

네가 가고 오늘이 오기까지

네
네가
네가 가고
네가 가고 오늘이 오기까지
나는 여기서 기다렸다
이리 쓰기 두렵지만
나는 아직도 네가 보고프다

도망

도망치고 싶을 때가 있어요.

아무도 날 알지 못하는 곳으로 사라지듯 떠나고 싶어요.

냉장고 깊숙이 숨겨 놓은 양파처럼

속이 물러져 버렸어요.

당신 때문이 아니에요.

해마다 찾아오는 독감 같은 거예요.

그리워지려 할 때 다시 돌아올게요.

약속해요.

언젠가는 같이 도망갈 수 있기를 바라요.

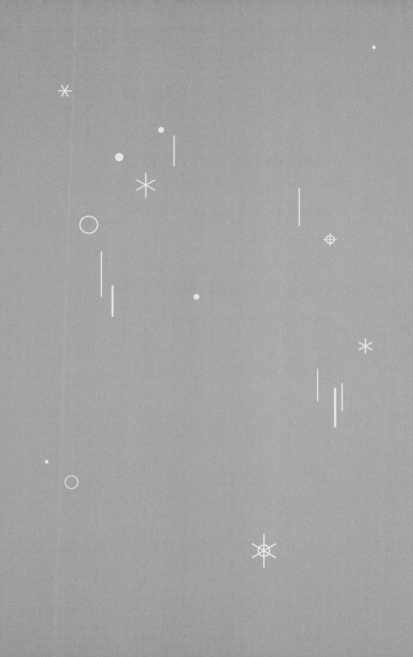

03

아, 그들은 내 맘에
그을음만 남기곤
사라졌구나

자국

원고지를 펴 놓고, 연필로 글을 쓴다.

제 몸 가는 소리와 함께 연필은 옆으로 기듯이 나아간다.

그러나 문장은 문단으로 이어지지 못하고,

계속해서 지워진다.

아래에는 그을린 것 같은 자국이 남고,

손날에는 까만 가루가 묻는다.

마침내 완성된 원고는 전쟁터처럼 비루하다.

종이에는 성한 곳이 없어,

글자들의 비명이 들리는 듯하다.

새 종이에 필사를 마치고 나면,

치열한 공방은 없던 것이 된다.

미문美文은 추문醜文에서 비롯된다.

하드-보일드 원더랜드

오늘날 우리에게 낭만은 없습니다.

그 옛날 사무치는 연인의 대화는 시대극이 되어

버렸습니다.

'-하오체'를 써야 할 것만 같습니다.

엿가락처럼 감정을 쓰면 쓸수록, 감정은 줄어만 듭니다.

오늘날 연인들은 침묵합니다.

끓어오르는 세상은 건조합니다.

감각들은 극단을 달리는데,

우리는 얼굴에 기름이라도 바른 것처럼 무표정합니다.

하드-보일드한 우리의 세계에서 사랑은 무엇일까요?

하루키의 소설처럼 무의미에 가까운 의미일까요?

아니면, 죽어버린 낭만이 오늘날 우리에게 남긴 유일한

자산일까요?

어린 나는 잘 모르겠습니다.

끓는 물 속 물방울처럼 우리는 삶을 부유하고 있습니다.

당신과 나는 그저 지나쳐 가는 것일지도 모릅니다.

그러나 그 삶의 끝이 원더랜드이기를 바랍니다.

하드-보일드 원더랜드. 2

문제가 무엇인지 모르는 것이 문제가 되어버린
세상입니다.
과거 혁명의 기수들은 갈피를 잡지 못하고, 이리저리
날뜁니다.
서로 어그러지며, 무너지는 모습이 퍽 서럽습니다.
사랑 하나에 삶이 끝난 듯 울던 사람이
이제는 수백의 사람을 아무렇지 않게 죽입니다.
오늘 벌어 오늘을 살던 사람이 이제는 죽지 않으려
수천 일ㅂ을 돈으로 삽니다.
아무것도 아닌 것을 가지려 사람들은 좁은 창에
고개를 들이밉니다.
괜찮습니다.
하드-보일드 원더랜드에서는 모든 것이 용인됩니다.
옛 세계처럼 승자가 기준이 되지도 않습니다.

이 세계에서 승자는 없습니다.

서로 다른 패자敗者뿐입니다.

패자들의 기준으로 원더랜드는 돌아갑니다.

하드-보일드 원더랜드. 3

초등학생 때, 저는 동서남북, 이 4방향만이 세상에
존재한다고 믿었습니다.

한 번은 학교에서 종이접기를 배웠었습니다.

선생님께서는 제게 4방향으로 펼칠 수 있는
동서남북 종이접기를 가르쳐 주셨습니다.

그런데 제가 방향을 잘 알지 못하자, 선생님께서는 매를
드시며 왼쪽은 서쪽, 오른쪽은 동쪽, 위쪽은 북쪽, 아래쪽
은 남쪽이라 가르치셨습니다.

틀릴 때마다 손바닥을 맞았습니다.

4방향 외의 존재를 완전히 몰랐냐 물으시면,
아니었습니다.

궁금했으나, 묻지 않았습니다.

물으면 또 외울 게 생길 테고, 외우지 못하면 자로
손바닥을 맞을 테니까요.

그리고 동쪽 아니면 서쪽이었으니, 답변하기도 훨씬
수월했습니다.

이 상식이 무너지기는 꽤 오랜 시간이 걸렸습니다.

중학생 때, 지리 시간이 되어 한국 기후에 영향을 주는
기단에 대해 배웠습니다.

북북서, 남동서 등 여러 방향이 존재했습니다.

일단 4방향 외에 방향이 있다는 것에도 놀랐지만,

이어서 저는 의문이 들었습니다.

동북서와 북동서의 명확한 차이는 무엇인지요?

서울에서 보는 것과 대구에서 보는 것이 같은지요?

겉보기에는 큰 차이가 없는데, 정답은 있었고,

저는 외워야 했습니다.

외우지 않았으면, 틀렸으니까요.

요즘은 방향을 말할 때, 기준을 잡고 말합니다.

기준에 따라 모든 것이 달라지니까요.

하드-보일드의 세계에서 모든 방향은 순간순간
변합니다.

당신이 어디에 있느냐가 가장 중요하죠.

당신이 세상의 기준이니까요.

참으로 아이러니한 세상입니다.

있을 수도 있고, 없을 수도 있는 세상이라니.

하드-보일드 원더랜드. 4

우리는 패자敗者입니다.

서로가 서로에 의한 패자입니다.

당신이 아는 승자는 또 다른 패자입니다.

그렇기에 우리는 서로를 안으려 합니다.

서로가 패자라는 사실을 지나치게 알아서,

위로받기 위해 서로의 공통점을 미친 듯이 찾게 됩니다.

그러나 공통분모를 찾기 위해 시작된 탐색은 차이만

벌려버립니다.

당신과 나처럼 말이죠.

차이는 실망이 되고, 실망은 증오가 되어,

서로에게 향합니다.

끝내 세계 하나가 끝납니다.

괜찮습니다.

세계는 하나가 아니니까요.

아마 우리가 죽을 때까지, 우리는 우리의 세계를 찾아 돌아다닐 겁니다.

마치 달궈진 모래 위가 뜨거워 양발을 번갈아들어 올리는 사람처럼요.

예언가

우린 사랑하게 될 것이다.
굶주림 속에서도 우린 자신의 살을
아이에게 먹일 것이며,
스스로 고통에 몸부림쳐도 우린 타인의 상처에
제 지닌 약을 뿌릴 것이다.
죽음이 먼지처럼 흔한 상황에서도 우린 서로에게
총구를 겨누지 않을 것이다.
그때는,
사랑의 권태가 워낙에 지독해서,
사랑이 사랑인지도 모를 만큼 파다할 것이다.

예언가. 2

개미는 보도블록 아래 굽이친 자기 굴을 비집고 다닐 수는 있어도, 인간들이 복잡하게 짜놓은 도로망을 이해할 수 없다.

제 몸이 잘린 불가사리는 어떤 부분이 본래 자신인지 알 수 없으며, 왜 자신이 되살아나는지 묻지도 않는다.

패배주의다.

인간은 진리의 전체가 아니라 일부만을 본다.

세계가 어떻다 정의 내리는 이들은,

그것을 이용해 이익을 챙기려 하는 사람이거나,

자신의 무지無知조차도 모르는 정신적 익사자이다.

이제 우리는,

믿음에 더욱 의지하거나,

무엇도 믿지 않게 될 것이다.

휘발적인 감정에 목을 맬 것이며,

그것에 지쳐 과거를 찾는 이들이 많아질 것이다.

종래에는 이런 예언들이 범람하게 될 것이며

너와 나, 집단과 세계는 어스름이 내리듯 무뎌질 것이다.

종말은 종말답지 않게 평화롭다.

선

거기까지다.

팔을 저어 너를 밀어낸다.

네가 내 옆에 있다면, 더욱 따뜻할 것이고, 풍족할 것이다.

나는 너의 품에 안겨 눈을 감고서 깊은 잠에 빠질지도
모른다.

그러나 거기까지다.

절벽 앞에 선 것처럼 너는 나를 향해 발을 내딛지
말아야 한다.

기차가 서로 스치듯 지나가는 것처럼 우리는 무심코
지나쳐야 한다.

나는 네가 가려놓은 세계를 마주해야 한다.

나는 네가 떨쳐버린 추위를 느껴야 한다.

그렇게 도착한 세계가 지옥이라도 상관없다.

선을 그어버린다.

정보는 사라지지 않고 영원히 남는다

꿈을 꾸었습니다.

빛이 없는 세상이었습니다.

사실 세상이라 불러도 무방할지 모르겠습니다.

무엇도 보이지 않았습니다.

냄새도, 소리도 없었습니다.

중력이란 게 사라진 것 같았습니다.

(손이라 생각한) 한 지점을 움직였습니다.

무엇도 걸리지 않았습니다.

그곳엔 저뿐이었습니다.

사실 그 사실도 잘 모르겠습니다.

내가 살아있는지도 인지하지 못했습니다.

정보는 사라지지 않고 영원히 남는다고,

한 과학자가 말했습니다.

그런 세계에서 내가 있었다는 사실은 누가 알 수 있을

까요?

무엇도 없는 세상에서.

나는 누구에게 어떤 정보로 기록될까요?

꿈에서 깬 순간부터 파편들을 손에 닿은 눈처럼 쉽게

어그러집니다.

최악의 연인

최악의 연인을 꼽으라면,

나는 예술가의 연인을 택하겠다.

나와 함께한 시간이 작품에 담겨 평생 박제될 테니까.

유명한 예술가라면, 더욱 큰일이다.

어디서나 내게 사랑을 갈구하는 노래가 울릴 것이며,

나를 추억하는 글들을 사방에서 읽어댈 테니까.

그가 세계적인 예술가라면 지구상에서 도망칠 공간은

없다.

피카소의 연인들을 떠올리면 쉽다.

그들은 그 자신으로 기억되기보다, 피카소의 n번째

연인으로 대중에게 기억된다.

그들의 평전을 읽으면, 참으로 애석함을 느낀다.

얼마나 벗어나고 싶었을까,

그의 n번째 연인들이란 수식어에서.

상처

관계에 있어 일방적인 승리란 없다.

승자와 패자를 나누는 것은 무의미하며,

벌어진 일을 덮고 가는 것에도 한계가 있다.

사건을 저지른 사람도, 사건을 당한 사람도,

그들의 입장에서 나눠질 뿐이다.

물론 누구를 옹호할지는 당신의 몫이고,

옹호한 대가 역시 당신의 몫이다.

상처는 쌍방향으로 나며, 피는 사방에 흩뿌려진다.

청소

머리가 잡생각으로 가득 찰 때면 청소를 한다.

청소기를 돌리고 나면 물걸레질한다.

그래도 사라지지 않는 잡념들은

빨래를 하며 보내려 한다.

손빨래할 옷가지를 제외하고는 모두 세탁기에 넣는다.

전쟁 다큐를 보는 관객처럼 세탁기 안에서 옷 무더기가

엉키는 것을 본다.

멍하니 탁한 물빛을 보다가 손빨래 거리를 들고

욕실로 간다.

옷을 모조리 벗고서 플라스틱 바구니에 물을 받는다.

물에 세제를 풀고는 쭈그려 앉아 옷가지를

물에 적셨다가 빨래판에 대고 열심히 문지른다.

땀방울이 이마에 맺혔다가 빨랫감에 후드득 떨어진다.

몸이 금방 달아오른다. 멈추지 않는다.

바깥에서는 세탁기 도는 소리가 들린다.

될 수 있는 한 물기를 모조리 짜낸다.

플라스틱 바구니에 쌓아놓고는 한쪽에 치워놓는다.

이제는 나 자신을 청소할 차례이다.

청소. 2

살짝 뜨거운 물을 틀어놓는다.

머리를 감고, 양치한다.

얼굴을 씻고, 몸에 비누칠한다.

보이지 않는 거울을 닦아대며 수염을 민다.

남이 보면 추악한 과정이다.

몸을 대충 닦고, 머리를 꼼꼼히 말린다.

빨랫감들을 세탁기에서 꺼내 모아두고는 베란다에

널어놓는다.

마지막으로 캔 맥주를 따서 속을 씻어내고 나면,

그날은 무엇도 떠오르지 않는다.

사랑에 관해 쓰지 못한 날

물 머금은 빨랫감을 짜낸다.

막바지에 다다르면, 온 힘을 주어도 물 한 방울 겨우 나올

따름이다.

몇 번이고 반복하다가, 햇볕이 드는 베란다에

옷감이 든 바구니를 던져 놓는다.

어머니는 건조대에 널기 전에 그것들을 다시 꺼내어

짠다.

물이 후드득 떨어진다.

바구니에 찰랑거리는 물을 보며,

나는 사랑을 사탕처럼 입에 굴려본다.

아무리 단어를 굴려도 글이 나오지 않는다.

어머니는 어떠실까, 싶어 새벽녘에 집안을 서성인다.

거실에 놓인 천수경을 본다.

표지에 간신히 매달린 메모지에는 우리 가족의 모든 것

이 담겨 있다.

천수경을 잠시 외우다가 만다.

나는 방으로 돌아가서 불을 끄고는 침대에 눕는다.

사랑에 관하여 한동안 쓰지 못한다.

(알 수 없음)

새벽에 메신저 대화방을 아래로 내려본다.

3개월째 대화가 멈춘 방이 있고, 마지막 말은

'언젠가 밥이나 한번 먹자.'이다.

으레, 한국 사람들이 던지는 형식적 인사이니

그러려니 한다.

더 아래로 내려가면, 1년 이상 연락 없는 사람들이

보인다.

모두가 잘 사는지, 궁금해하던 찰나,

(알 수 없음)이라 이름이 뜬다.

호기심에 대화방을 눌러보면, 내 기억에 없는 대화들이

남아 있다.

그가 누구인지는 도저히 알 수가 없다.

머리를 싸매지만, 대화방에 남겨진 대화에는 형식적인

내용뿐이었다.

나는 가만히 그것들을 보다가 대화방을 나간다.

알 수 없는 것에 대해서 우리는 침묵할 따름이다.

담

대로보다는 골목을 좋아한다.

담으로 난 좁은 길을 걸으면, 고개를 빼꼼 내민 개들이

보인다.

개들은 사납게 짖으나, 가까이 다가가면 꼬리를

흔들고 있다.

담에 벽화를 그려놓은 곳에는 그림을 보는 재미가 있다.

파스텔톤에 사진을 찍으라고 만들어 놓은 천사 날개

모양에 한 번 서보고는 만다.

전봇대 주위에는 온갖 광고지가 붙어 있고,

집 철문에는 녹슨 우체통이 보인다.

아래로는 시멘에 완전히 묻히지 못한 자갈들이

튀어나와 있다.

이갈이

강아지들은 이빨이 나려 할 때면,

잇몸이 가려워 책상다리를 갉아댄다.

자기 입안에 들일 수 있는 것이면, 어느 것이든 가리지

않는다.

내 강아지도 어릴 적 거실에 놓인 나무 탁자를 갉아댔다.

소나무로 만들어 그런지, 새벽에도 입질을 해댔고,

오른 다리에는 진한 이빨 자국이 남았다.

나는 가끔 이빨 자국을 손으로 만진다.

이제는 매끄러워 본래 탁자의 질감 같다.

이가 온전히 난 강아지를 쓰다듬으며,

늙어가는 개와 사람, 그리고 낡은 탁자를 떠올린다.

정강이를 걷어차인

당신의 두 다리는 중력을 버티고서 있다.

누군가 당신의 정강이를 찬다.

당신은 정강이를 잡고서 고꾸라진다.

군대에서 나는 그 아픔을 잘 경험했다.

눈물이 찔끔 나오며, 하늘이 노랗게 변했다.

정강이는 다리에서 근육의 보호 없이 가장 겉으로 드러난 뼈이기에, 아무리 거대한 사람이라도 정강이를 걷어차이면 무게 중심이 무너지기 마련이다.

감정도 마찬가지이다.

감정의 정강이는 대개 당신의 감정을 지지하는 축이다.

누군가는 가족이고, 누군가는 친구이다.

나의 경우에는 글이다.

누군가 그것들을 세게 걷어차면 당신의 감정은 힘을 잃고 주저앉는다.

정강이를 단련하는 사람은 드물고, 단련한다고 해도
잘 단련되지 않는다.

그러면 우리는 어떻게 대처해야 하는가?

나는 내버려 둔다.

막을 수 없는 것은 항시 존재한다.

일어날 일은 일어난다.

그러나 우리가 주안점을 두어야 하는 곳은 쓰러진 후에
어떻게, 얼마나 빨리 일어나는가이다.

땅을 짚고 일어날 팔 힘과 박차고 일어날 다리 힘을
기른다.

몇 번을 넘어져도 나는 다시 일어날 것이다.

슬픈 젖꼭지 증후군

감각을 감각하지 못하는 순간이 있습니다.

햇빛 알레르기를 지닌 사람은 햇볕을 따스하다고

느끼기보다 창처럼 날카롭다 느낍니다.

갑각류 알레르기를 지닌 사람은 게살을 부드럽다고

느끼기보다 목을 조이는 칼처럼 느낍니다.

슬픈 젖꼭지 증후군에 대해 들었습니다.

젖꼭지를 만지는 순간 슬퍼지는 증상이라고 합니다.

아이에게 모유를 수유하는 어머니든, 애무를 받는 사람

이든, 감각해야 할 것을 감각하지 못하니 애석합니다.

아니면, 우리가 당연하다 생각했던 것들이 실은

당연한 게 아닐지도요.

어느 쪽이 옳든 젖꼭지를 만지면 슬퍼지는 이들을 보니

우리는 정말로 세상에 던져지듯 태어난 것처럼

보입니다.

오늘을 사는 우리가
어제를 살았던 우리에게

너는 내일을 불안해했다.

네가 움직이지 않아도, 세상은 절로 움직였고,

내일은 노력 없이 다가왔으니.

오지 않은 내일을 향해 고개를 쳐들며,

너는 오늘을 살았다.

너는 어제가 그저 지나가길 바랐다.

어제는 죽은 자들의 것이고, 오늘은 산 자들의 것이니.

어제를 잊으려 내일에 초점을 맞추고서,

너는 오늘을 살았다.

너는 오늘을 가지려 했다.

어제는 잊힌 지 오래고, 미래는 오지 않을지도 모르니.

너는 오늘을 잡으려 손을 뻗었고, 뻗고 있고,

뻗을 것이다.

모텔

혼자서 여행을 다닐 때는 허름한 모텔에 간다.

굳이 잠자리를 가리지도 않고, 가격도 나름 합리적인

편이기 때문이다.

개인적으로 하룻밤을 보내는 것에

수십에서 수백씩 돈을 쓰는 사람을 잘 이해하지 못한다.

다음 날 일정이 한가하면, 편의점에서 술을 가득 사 들곤

방으로 간다.

그리고 마신다.

사막에서 오아시스를 찾은 사람처럼 멈추지 않고

속에 들이붓는다.

누구도 쓰러진 나를 치울 필요도 없고,

내 지루한 주정을 들을 사람도 없다.

한바탕 모든 것들을 쏟아낸다.

욕도 해대고, 울기도 했다가, 실성한 사람처럼 웃기도

한다.

　다음 날, 그 어떤 일도 일어나지 않은 것처럼

　나는 모텔을 떠난다.

　한결 가벼워진 느낌이다.

기우

별이를 산책시키다 보면, 이웃 강아지들을 많이 만난다.

대규모 아파트 단지인 데다, 산책로가 정해져 있어

언제 나가든 꼭 강아지 한두 마리는 만난다.

강아지들의 행동 패턴은 일정하다.

냄새를 맡으며 여기저기 마킹을 하다가 다른 강아지를

마주하면, 피하거나 다가간다.

별이는 다가가는 편인데, 근래 부쩍 다른 강아지들과

인사하지 못한다.

별이가 다가가려 하면, 주인은 강아지를 번쩍 들어

안고는 우릴 지나쳐 간다.

그러면 별이는 멀어져 가는 친구를 바라본다.

아주 오래 말이다.

자기를 바라봐주길 바라는 것 같았다.

그러나 친구는 별이의 마음도 몰라주고 그냥 가버렸고,

별이는 아쉬운지 뒤를 계속해서 바라본다.

이런 일이 퍽 자주 있다 보니, 별이의 모습이 애잔하게 보인다.

간단한 코 인사, 한 번이면 되는데.

그거면 되는데.

우리가 못나서 그런가, 하고 별이를 안아본다.

이불 감옥

형제답게 형과 나는 어린 시절 서로에게

장난을 많이 쳤다.

그러나 끝내 당한 사람은 나였다.

형은 나이도 많은 데다, 선천적으로 운동 신경이 좋았지

만, 그와 달리 막내답게 곧잘 깐죽거리던 나는 형에게 자

주 맞았다.

한번은 형이 날 이불로 꽁꽁 싸매고는 때렸다.

아마 여느 때와 같이 내가 형에게 먼저 도발했고, 그날

은 무슨 일이 있었는지 머리끝까지 화가 난 형이 동생에

게 본때를 보여주고자 그랬을 것이다.

맞는 것도 엄청나게 아팠지만,

아무리 벗어나려 해도, 그 감옥에서 벗어날 수 없는

무기력함이 더욱 무서웠다.

팔로 이불을 치우려 해도 끝이 보이지 않았다.

안은 내 숨으로 달아올랐고, 입이 닿은 부분은 침으로
젖어버렸다.

아직도 가끔 그때의 기분을 느낀다.

이제는 면으로 된 이불이 아니라, 시선으로 된 이불 같다.

아무리 헤쳐도 끝이 보이지 않는다.

구멍

이 상태로 머리를 물에 담그면 가라앉을 것이다.

타이타닉처럼 쪼개지지도 않고 곧장 심해로 내려가겠지.

절그럭절그럭 머리 안에서 소리가 나는 듯하다.

그것의 정체는 명확하다.

걱정과 불안, 과거의 기억들이 쌓이고 쌓여 돌처럼

굳어버린 것이다.

내 안의 시지프스는 그 돌을 끊임없이 올리고 내리며

머리를 뒤흔든다.

후회와 망상은 진동처럼 다가온다.

돌이 부식되기를 바라지만, 그것은 날로 더욱 커질

따름이다.

헤밍웨이나 커트 코베인이 이 돌을 빼내기 위해

머리에 구멍을 내었겠다는 망상을 한다.

나는 그가 잠겨 죽도록 속에 약 탄 물을 쏟아붓는다.

반쪽짜리 사랑

누군가 말하기를 사랑은 상식을 벗어난 재화라 주면
줄수록 더욱 늘어난다고 하는데, 나는 동의하지 않는다.
주는 사랑에도 분명 종류가 있다.
나는 사랑을 크게 성인聖人의 사랑과 범인凡人의 사랑
으로 나눈다.
위에서 말한 주는 사랑은 성인의 사랑이다.
그들은 자신의 모든 것을 주면서도 결코, 어떤 것도
받기를 바라지 않는다.
심지어 그들은 당신을 사랑함에도 당신이 행복하기를
바라지도 않는다.
그것이 행복을 강요하는 것일 수도 있기 때문이다.
이들은 생명체의 본성을 초월했기에 가능한 것이고,
우리 같은 범인들은 그러지 못한다.
우리는 준 만큼은 아니더라도, 어느 선까지는 돌려받아

야 한다.

주는 사랑이 더 크다는 말에 홀려,

주는 사랑을 무턱대고 하다 보면 스스로 무너진다.

뼈 아픈 이별을 경험하며 더는 사랑하지 않겠다고

다짐한다.

성인의 사랑을 범인들에게 강요하지 말라.

범인의 사랑은 어디까지나 자신의 행복에

기초해야 한다.

주는 사랑이 받는 사랑보다 꼭 크지는 않다.

신호등

빨간 불에서 파란 불이 되고도 나는 바로 횡단보도를
건너지 않는다.
심지어 자동차 신호가 바뀐 것을 보고 먼저 건너려는
주위 사람을 붙잡는다.
트라우마 때문이다.
고등학교 1학년 때 수학 담당 선생님께서는
내가 고등학교 3학년이 되었을 때 돌아가셨다.
사인은 교통사고로, 신호가 바뀌자마자 횡단보도로
걸어 나가셨던 선생님을 자동차가 쳤다.
당시 운전자는 음주 상태였다.
적잖이 많은 사람이 충격에 빠졌다.
신혼이었던 선생님의 부인분과 가족분들
그리고 순간에 담임 선생님을 잃은 반 아이들.
친구들과 만나면 가끔 선생님 이야기를 한다.

간간이 들려오는 부고 소식과 함께 이야기는 불쑥

튀어나온다.

그것은 우리를 한껏 휘젓고는 꽃샘추위처럼 문득

사라지고야 만다.

아직은 죽음에 익숙해지지 못해 그런가 보다.

만취한 장정들은 어린아이처럼 손을 들고 신호를

기다린다.

깜빡거리는 푸른 신호 아래에서 우리는 갈지之자로

걷는다.

밤바다

바닷바람이 슬 부는 밤바다.

낮은 눈을 가리고서 움켜쥐었던 해변을 놓는다.

어둠에 던져진 해변에 온갖 것들이 기어 나온다.

물고기는 낮에 쉬이 가지 못한 뭍에 다가가고,

갈매기는 밤을 그은 네온 빛을 기준 삼아 널뛰기한다.

인간들은 개처럼 서로의 뒤를 쫓는다.

다들 언제 해가 뜰지 몰라, 초조한 모양새다.

혹여 정신을 차릴까, 두려워하며 몸짓을 크게 한다.

멀리서 보니, 그것들은 한데 엉켜 꿈틀거린다.

나는 이 도시 같은 해변에 몸을 던지려 준비한다.

바다를 보니, 바람에 흩날리는 비닐하우스 같다.

바지선

강 중심에 바지선 하나가 떠 있다.

낚시꾼은 그 위에 놓인 그늘막에 의지해 낚시한다.

물결이 일렁일 때마다, 낚시꾼은 휘청거리나

쓰러지지는 않는다.

애써 잡은 고기도 놓아준다.

밥도, 물도 마시지 않은 채로 물을 본다.

노을이 땅에 내려서야 그는 뭍으로 올라온다.

빛이 없는 땅에서 기듯이 어딘가로 사라진다.

적赤

어린잎은 시렸다.

겨울을 머금고 있는 것 같이.

봄비를 맞고 개나리가 폈고, 벚꽃이 졌다.

발가벗은 아이처럼 아지랑이는 도로에서 피었다.

다가올 성장통도 모르고 한데 엉켜 춤췄다.

낮잠에서 깬 개는 내 이마에 흐르는 땀을 핥았다.

베란다로 나가 망울이 진 꽃봉오리를 본다.

붉은빛이 틈으로 새어 나온다.

여름을 안고 있나 보다.

고향

그곳엔 이제 누구 하나 살지 않지요.

머무는 이는 더러 있답니다.

물은 산개울에서 끌어온다지요.

제 아버지 살던 건물은 사라졌지만,

수도 근처 감나무는 여전합니다.

실한 감을 어린 삼 남매에게 던져주던 나무는

이제 까치에게 그 몫을 오로지 내어줍니다.

기도원이 되다만 건물은 을씨년스럽습니다.

기둥만 던져지듯 놓여 있고,

지붕은 가지처럼 앙상합니다.

사람들은 곧 무너질 그 아래에서 기도합니다.

서로의 손을 꽉 잡고 읊어대는 기도문은 어쩐지

서글프게 들립니다.

무엇을 위한 기도인지는 모릅니다.

초겨울에도 살을 흠신 쪼아대던 모기를 떠올리면,

아마 사람이 감당하지 못할 슬픔을 풀어놓는 것이겠
지요.

아버지도 그곳에 있는 할아버지 산소에 다녀오시곤,

한참을 담배만 태우셨습니다.

쉽사리 잊을 수 없는 곳입니다.

순간의 존재들

창에 맺힌 이슬들을 보았습니다.

몸을 둥글게 말고서 아래로 흘러내리고 있었습니다.

방울들은 자국을 남기며 아래로 내려섰습니다.

순간에 태어나,

순간에 존재하고,

순간에 사라지는.

순간의 존재들은 얼마나 무심한지요.

순간을 잡아두려 평생을 붓질만 한 화가는

늘 자기 그림 속 물방울들을 지우고 싶어 했습니다.

상에 맺힌 제 모습을 보곤

닦아내려 내민 손을 거둡니다.

파편

젊은 세계가 무너집니다.

아주 자주요.

파도에 한 번, 바람에 한 번, 손길에 한 번.

스치는 눈짓에도 세계는 불안하게 흔들립니다.

세계의 파편은 라면 수프처럼

맵고, 짭니다.

눈물은 가득, 웃음은 찔끔.

파편들은 한겨울의 낮입니다.

파편은 한데 고이지 못하고 그대로 젊은 세계가 됩니다.

와락.

조심하세요.

눈에 들어가면 며칠을 퉁퉁 붓습니다.

극極

사무치는 파도 소리.

시인은 잠들지 못하고 괜히 밖으로 나돈다.

잠든 개를 깨우지 않으려 까치발로 걷는다.

사람 살지 않는 거리를 가보려 부단히 발을 놀린다.

시인은 들었다.

사람들이 그 거리를 죽은 거리라 부르는 것을.

입구에는 어린아이 머리숱처럼 풀들이 엉글다.

집들은 주인을 찾는데, 곳곳에 까치집들은 즐비하다.

때맞춰 산비둘기 지저귀자 벌떡 일어난 시체라도 본 것

같다.

지나치게 살아있구나 싶다.

져가는 달

어매 같은 태양은 달이 빚은 놀을 쉬이 덮어버린다.

새벽녘 산을 내리는 이들 속에 져가는 달은 없다.

노을마저 광光적인 해와는 달리,

져가는 달은 해에 군말 없이 자릴 넘긴다.

피난 가듯 물러나는 달을 보고 나면,

쉽게 잠들지 못한다.

우리 볼 수 없는 그곳에선

지 어매 자릴 끼웃대었으면 하고,

이불을 머리까지 당겨 덮곤 기도한다.

장작

장작엔 쉽사리 잔불이 옮겨붙지 않는다.

오랜 구애 끝에야 이파리가 아닌 줄기가 붉게 물든다.

제 몸을 태워 나눈 사랑은 뜨겁고, 매섭다.

알싸한 연기가 낮게 주변을 감싸 돈다.

불가엔 밤이슬 피해온 생명들로 가득하다.

퍽 추워진 겨울에 이곳만은 따뜻하구나.

붉게 타서 무너져 내린 잔해에도

연기는 남아, 찾은 이 울린다.

아, 그들은 내 맘에 그을음만 남기곤 사라졌구나.

농사

무덤가 같은 잔디밭엔 기신골 아이들만이 뛰논다.

머리엔 거무튀튀한 도깨비바늘 묻어있다.

뿔처럼 솟은 그것 따라 애들은 황소처럼 몸을 낮춘다.

눈을 까뒤집고서 서롤 잡으려 드는 모습이다.

잡힌 아이 등에 올라탄 그들은 소릴 질러댄다.

뒷걸음치며 버둥거리는 모습이 흥겹게 애처롭다.

신神이 소낙비처럼 주월 적시고 간다.

다른 골 아이들이 귀신 오줌 싼다며 멀리서 뇌까린다.

장마

아이는 창에 다리를 내어놓고 눈 감는다.
모기 물린 델 긁다 엄마한테 혼이 났건만,
장대비는 애 다리를 적신다.
화장실에서 수도꼭지를 슬쩍 틀어놓곤
이슬 같은 물방울을 맞아봤지만 빗물보다 더웠다.
분명 손잡일 오른쪽으로 크게 젖혔는데도.
종아리에 떨어진 빗물은 발목으로 가지 못하고
곧장 아래로 떨어진다.
아이는 파초의 여린 잎처럼 발목을 펴고서 더운 열을
토해낸다.

가지 잘린 나무

너에게 봄은 집행의 시간이었나 보다.

사지가 무참히 잘려있다.

몸뚱이만 덩그러니 남아 있는 너의 모습을

나는 볼 수 없다.

바닥에서는 너를 닮은 것들이

종을 가리지 않고 자라나는데,

너의 부분은 사라진 지 오래다.

주변을 서성이다 너의 부분을 본다.

콘크리트를 뚫으려 속살을 내고 있다.

여린 살은 습기를 쫓아 좁은 틈을 비집고 있다.

한 손으로는 눈을 가리고, 다른 손을 네게 건넨다.

감히 움켜잡지는 못한다.

봄비

비가 내려요.

아스팔트 물웅덩이에 비들이 꽃잎처럼 떨어져요.

여름을 조금씩 당기는 것 같아요.

물방울들이 튀어서 여린 잎에 닿아요.

잎들은 푸르게 무너져 내려요.

여름 볕을 받으면 돌아오리라 믿어요.

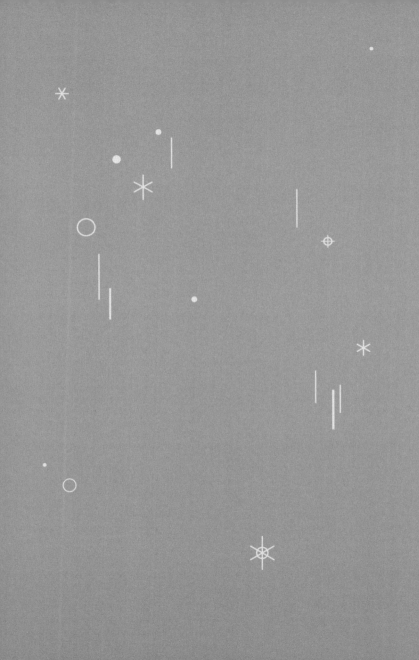

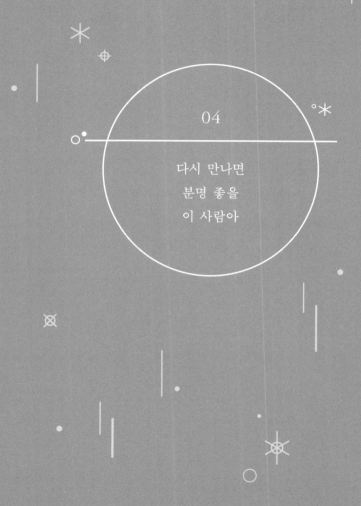

04

다시 만나면
분명 좋을
이 사람아

준비

달고 살던 라면을 먹지 않는다.

틈만 나면 걷거나 달린다.

한동안 사지 않았던 옷을 여러 벌 산다.

머리를 다듬고, 왁스를 발라본다.

애써 관심사를 넓히며, 듣지 않았던 노래를 듣는다.

핸드폰을 손에 쥐고는 크게 심호흡한다.

널 사랑할 준비를 하고 있다.

거미줄

너를 만난 것은 나에게서 그치지 않는다.

나는 너를 통해, 너는 나를 통해

서로의 관계를 훑는다.

너와 나의 세계가 충돌한다.

바람이 흩날리고, 산이 뒤집히고, 바다가 솟구친다.

이것들로 밀려오는 쓰나미가 서로를 상처 입힐지도

모른다.

나는 너를 안고, 너는 나를 안는다.

진동이 잦아든다.

창문을 열어젖힌 노아처럼 새를 날려본다.

일회용 글

남지 않을 글을 쓰고 싶다.

먹지에 글을 쓰고서, 가랑비가 올 때 지붕 끝에 걸어둔다.

지나가는 이가 담 구경하듯 멈춰 서서 구경한다.

젖은 먹지는 천천히 글을 집어삼킨다.

글은 끝내 비와 함께 흘러내린다.

너와 나만이 아는 비밀이 된다.

사랑에 빠진 사람처럼

사랑하는 사람이 없어도, 사랑에 빠진 사람처럼 살겠다.

기도를 해도, 나를 위해서가 아니라, 타인을 위해 하겠다.

요리를 해도, 귀인이 먹는다는 생각으로 하겠다.

집으로 향하는 길에서는 왈츠 박자로 걷겠다.

애인과 템포를 맞추듯이 가볍게 발을 움직이겠다.

잠을 자도, 옆에 소중한 사람이 있는 것처럼

몸을 웅크리며 잠들겠다.

그리워할 사람이 없어도, 그리워하며 살겠다.

그래야 네가 올 때, 온전한 네 자리가 내게서 만들어진다.

하나

왜 우리는 이렇게 하나가 되려 할까?

본래 우리가 하나였기 때문이 아닐까?

아주 먼 옛날, 우리가 암수 구분 없이 핵과 그것을 지키는 막만을 가진 단순한 세포였을 때, 우리는 그저 살아가기만 하면 절로 우리와 닮은 것들이 나타났어.

외롭지 않았겠지.

우리가 죽어도, 우리와 닮은 것들은 계속해서

살아있었으니까.

문제는 더 외롭지 않기 위해,

그러니까, 다른 우리들과 경쟁해서 더 많이 우리와

닮은 것들을 만들어 내기 위해,

우리는 우리 몸을 쪼개어 너와 나로 나뉘었던 거야.

나눌수록 효율은 높아지니까.

그런데 생존 가능성과 행복감은 비례하지 않아서,

우리는 살아남는 한편, 서로를 평생 찾아다니는 저주를

받게 된 거지.

그래서 난 아무리 관계에 상처받아도 널 찾아다녀.

이 세상 어디엔가 본래 하나였던 네가 있겠지.

생존은 이제 상관없어, 널 만나서 내가 사라져도 좋아.

너와 하나가 되고 싶어.

여름

낮과 밤의 골이 가장 깊은 계절

살갗을 쓸어대는 햇빛 아래,

바닥에 홀로 퍼져버린 낮과는 달리

모두가 밖으로 모여드는 밤

두 봉우리를 지나가는 골을 지날 때면

이마엔 땀이 스쳐 가고

발걸음은 빨라져만 가는데,

거품 적은 맥주를 기대해서 그런 걸까?

아니면, 그곳에 네가 있어서 그런 걸까?

잇다

우리를 이을 수 있는 게 말, 하나가 아니기를 빈다.

따뜻한 손길, 저릿한 눈빛, 달콤한 향기 등

모든 것으로 우리가 이어지기를 바란다.

나는 창을 두고서 나를 눈으로 좇는 당신을 만나고 싶다.

그렇게 부둥켜안고서 보고 싶었노라고,

당신의 모든 것을 느끼며,

나는 본래 이런 사람이었다고 죄 없는 고백을 하고 싶다.

우리가 모든 면에서 이어지기를 바란다.

입김

추운 바람이 불 때면, 너의 입에서는 하얀 김이
흘러나온다.

입술을 타고 내려온 김은 흰 구름을 허공에 만들며
종 모양으로 퍼진다.

나는 너의 입김을 얼굴로 맞으며,
숨소리를, 호흡을 느낀다.

펄펄 끓는 주전자가 내뿜는 증기보다도 너의 숨결이
내게 뜨겁게 느껴진다.

입김은 추위를 견디지 못하고 금세 사라진다.

어떤 흔적도 남기지 않고, 가까이 다가선 아지랑이처럼
사라진다.

그러나 슬퍼하지 않는다.

너와 내가 함께 있는 한 너의 숨결은 계속해서 내게
와닿을 테니까.

네발 달린 짐승

두 발을 지면에 딛고 선 순간부터 우리는 손을 가지게
되었다.

자유로워진 손으로 우리는 다양한 것들을 만들었다.

농기구부터 무기까지.

여기까지는 살아남기 위한 것이었다.

개처럼 상대를 향해 턱에 힘을 주고서 으르렁거리기
전에 우리는 자유로운 손을 치켜들었다.

자유로운 손이 만들어 낸 자유로워진 입은 인간끼리
대화를 가능케 했다.

더불어 펜까지 노는 손에 쥐면서 철학과 사상까지
창조해내었다.

우리는 손이 가만히 놀고 있는 것을 참고 볼 수 없다.

늘 무언가하고 있다.

스마트폰을 만지거나, 게임을 하거나, 책을 읽거나.

어쩌면 직립보행이라는 진화의 부산물일지도 모른다.

내가 너의 손을 놓지 못하는 것 또한 말이다.

K

K에게 답장이 왔다

흔들리는 감정은 어디 가는지

산 아래 낮게 드리우는 구름처럼

방향조차 알 수 없다

신조차 알지 못하는 흔들림은

살갗이 달아 벗겨질 사막에서도

어두운 굴속 건너는 동굴에서도

제 자리를 지키고 묵묵히 걸어 나간다

흔들림은 떨림이 되어

떨림은 변화가 되어

한 인간을 뒤집어 놓는다

K에게 답장을 보낸다

바람

날이 좋아서 창문을 내리고 운전해요.

손가락에 맞춰 바람이 걸리고,

햇살은 가볍게 손바닥을 때려요.

고향 없는 나그네처럼 느릿하게 다녀요.

도로에 다른 차는 없어요.

바퀴에 걸리는 돌들은 내 마음처럼 이리저리 튀어요.

옆자리는 비어있어요.

기다리고 있거든요.

충분히 느린 절 기다려 줄 사람을.

무모

우리 더 무모해지자.

사람들이 서로의 광기에 빠졌다며 우릴 손가락질할 때,

내가 그것은 어둠 속에서 네 얼굴을 비춘

저 달 때문이라 말할 때까지.

현자는 우리가 순간의 기쁨을 위해 영원한 고통을

안으려 한다고 말한다.

그럴수록 우린 순간의 기쁨을 좇아 살아보자.

우린 몸이 타버릴 것을 알면서 불길을 걸어보고,

살이 해질 것을 알면서도 가시밭길을 뒹굴어 보자.

길가에 흐르는 젖과 꿀이 우리의 목을 살짝 적실

따름이라도 우린 순간이 모여 영원이 되리라는

성실한 소망을 가슴에 품고서 무모해지자.

평범한 삶

세기의 사랑을 하지 않아도 좋다.

낭만 가득한 사랑을 하지 않아도 좋다.

눈물과 이별, 갈등과 배신이 난무하는 로맨스 영화 속

사랑을 바라지 않는다.

대신, 하루에 한 번은 그대 생각에 웃고,

그대와 그대가 아닌 것으로 세상을 이분법으로 나누고,

삼시 세끼 밥을 먹는 것처럼 그대가 익숙해지길 바란다.

향

내 몸에서 네 향이 떠나질 않는다.

너를 너무 오래 안아서 그런가 보다.

네 향은,

색으로 말하자면, 한여름의 강릉 앞바다 색이다.

촉감으로 말하자면, 갓 구워낸 빵의 속살을 만지는 듯

하다.

소리로 말하자면, 베이스의 묵직한 저음 같다.

맛으로 말하자면, 한여름 빛을 가득 머금은 과일을 혀로

핥는 듯하다.

글에 향을 담지 못하니 더는 쓰지 않을까 싶다.

향수

네 살 냄새를 향수로 만들고 싶다.

내 모든 물건에 그것을 뿌리며, 너를 남기고 싶다.

내가 가는 곳에 그것을 뿌리며, 너와 함께하고 싶다.

향수를 전혀 뿌리지 않는 나이지만,

그것은 매일 한 통씩 써댈 정도로 애용할 것이다.

더는 네가 내 옆에 없다면, 한 방울씩 내가 쓴 글 위에

뿌리고 싶다.

그러니까, 사랑하자

소중한 존재일수록 너는 사랑하고 싶지 않다고 했다.

사랑은 필연적으로 이별을 달고 오니까.

너는 아주 오래 나를 보고 싶다면서, 나를 밀어냈다.

맞는 말이다.

거리를 유지해야 충돌하지 않고 살아가겠지.

그래야 스스로 지킬 수 있겠지.

상처받은 우리가 눈을 가리며 사는 것도

그런 이유에서겠지.

그러나, 사랑 없는 삶은 끝없는 이별의 연속이다.

사랑하는 순간만큼은 이별에서 벗어나 서로를

사랑할 수 있다.

두려운 줄 안다.

무서운 줄 안다.

나는 너를 아주 오래 삶에 남기고 싶다.

이 순간만큼은 이별에서 벗어나 너를 사랑하고 싶다.

그러니까, 사랑하자.

새단장

새롭게 방을 꾸며 볼까 해요.

검정은 치우고, 밝은 것들로만.

당신께 배운 색들로 채워볼까 해요.

볕에탄빛깔 색의 가구를 사고,

남미서부의공화국 색의 벽지를 벽에 붙일 거예요.

열대산의레몬비슷한과일 색의 다육이로 포인트를

주는 것도 좋겠죠.

이름만으로 색이 떠오른다며,

당신은 옅은국화과의다년초 색을 가장 좋아했어요.

그것들로 가득 채운 방에서는 당신의 향이 짙게 나올 것
만 같아요.

미지근한 사랑

극적인 감정일수록 빠르게 마른다.

그것은 고약한 기름 냄새처럼 순간에 머릿속에

퍼졌다가 사라진다.

그러니 기쁨을 느낀 순간에는 기쁘지 않다.

슬픔을 느낀 순간에는 슬프지 않다.

그것들이 빠르게 지나갈 것을 나는 알고 있다.

그러니 나는 네가 없으면 죽을 것 같은 사랑을

하고 싶지 않다.

나는 네가 아니면 안 될 것 같은 사랑을 하고 싶지 않다.

네가 언젠가 삶을 돌아보았을 때, 고마운 사람이

되었으면 한다.

네가 지칠 때, 그늘막이 될 수 있는 사람이

되었으면 한다.

너와는 미지근한 사랑을 하고 싶다.

헤어지는 길

　나는 대구 사람이었고, 그녀는 서울 사람이었다.

　가난한 나는 서울에 터를 잡지 못했고, 우리는 2주일에

한 번, 번갈아 가며 서로의 지역을 방문해야 했다.

　아침 햇살과 함께 만난 너는 그 어떤 것들보다

눈부셨고, 아름다웠다.

　역에서 마주한 너를 보면 어찌나 눈물이 나던지.

　그렇게 우리는 낮을 살았다.

　하루를 분 단위로 쪼개가며 우리는 시간을 보냈다.

　열차 시간이 다가올 때면, 나는 힘주어 너를 껴안았다.

　껴안으면 껴안을수록 멀어지는 게 자연의 순리라,

　우리는 금방 역에서 작별해야 했다.

　우리는 서로 껴안으며, 다신 못 볼 사람처럼

사랑을 말했다.

　창을 두고 서로에게 손짓했는데,

떨리는 작은 네 손과 애써 괜찮은 듯한 네 눈빛을
기억한다.

열차는 출발했고, 너는 나와 멀어졌다.

그러나 동시에 가까워지고 있었다.

헤어진 순간부터 다시 만난 날이 가까워지고 있었으니,

이 길은 너와 헤어지는 길이면서 동시에 다시 널 만나러
가는 길이다.

감정

술을 많이 마시고 난 다음 날은 심하게 우울감을 앓는다.

먹는 것은 물론, 글쓰기를 포함한 무엇도 하지 않으려

한다.

침대에 누워 꼬박 하루를 보낸다.

술이 정신에 아주 악영향을 준다고 한다.

그렇게 또 너와 술을 한껏 마시고,

다음 날 이불에 파묻혀 지냈는데,

전화로 들려오는 너의 애정 어린 목소리에

나는 자리에서 일어나 이렇게 글을 쓴다.

다음 날 쳐다도 보기 싫은 술이 또 마시고 싶은 이유는

한 가지겠지.

너와 함께라면, 얼마든 마셔도 좋을 것 같다.

싱글벙글

너는 싱글벙글 웃는다.

너의 웃음에는 자그마치 글이 두 번이나 들어가 있다.

앞선 노래 같은 글들은 나를 춤추게 하고,

뒤따른 발칙한 글들은 나를 멍하게 한다.

너의 웃음 같이 우리는 홀로 태어나, 하나로 엮어졌다.

우리의 아이는 아마 생글뱅글 웃을 것이다.

나는 너를 보며 씽글뻥글 웃는다.

얇다

내 맘은 셀로판지처럼 얇아서,

몹시 떨리고, 쉽게 찢어집니다.

당신은 거대한 사람이라,

당신이란 존재의 진동은 매섭습니다.

당신을 처음 마주한 순간부터

맘은 닳고 닳아서,

침 발린 문풍지처럼 속이 훤히 보입니다.

고양이 담 넘듯 당신은 날 훤히 들여다보고,

돼지가 하늘을 못 보듯 난 당신을 바라보지도 못합니다.

그래도 당신이 모를까 노파심에 혹시나 말해봅니다.

사랑합니다.

감히

감히 네게 말한다.

사랑할 수 있는 만큼 사랑하자.

외모, 나이, 돈, 꿈, 직업 등 세포처럼

우릴 구성하는 이것들의 한계치까지 사랑해 보자.

지레 겁먹고 돌아서지 말자.

밀려오는 저 절벽 같은 걱정이 이곳에 닿을 때는

발목을 적실 어린아이 물장구로 보일 테니까.

그땐 우린 서로를 질식시킬 것 같이 안아 버리자.

모텔. 2

방은 하나의 온전한 세계다.

넓은 침대와 거대한 티브이가 공간의 반을 차지하고,

냉장고에는 네가 먹지 않을 음료수들이 즐비하다.

그곳에 일용할 양식을 양껏 채워 넣는다.

우리는 그곳에서 모든 것을 한다.

에덴이 그랬을까 싶다.

먹을 것은 넘처나고, 너의 모든 것이 나를 간질인다.

우리는 작은 몸짓에도 웃어댄다.

서로의 몸을 훑고, 눈을 맞춘다.

나는 잠든 너를 계속해서 괴롭히고, 너는 그런 나를

피하지 않는다.

새벽녘에 깨어 너의 머리를 쓰다듬는다.

너의 향이 사방에 가득하다.

깨고 싶지 않은 세계이다.

빗길

오늘은 비가 오네요.

당신과 함께 걷고 싶어요.

사실 맑은 날도 좋아요.

신발에 진흙이 묻을 일도, 빗물에 화장이 지워질 일도

없겠죠.

그러나, 나는 당신과 빗길을 걷고 싶어요.

우산 없이, 서로에게 물을 뿌리면서 걸어가고 싶어요.

젖은 몸을 한 우리는 아이처럼 뛰놀겠죠.

비 오는 날에는 사람도 얼마 없어 눈치 볼 필요도 없어요.

공기보다는 무거운 물로 우리가 한데 엮어지길 바라요.

그렇게 웃으며 빗길을 걸을 수 있는 사람이라면,

어느 길이든 함께 걸을 수 있을 거예요.

당신과 함께 빗길을 걷고 싶어요.

사계절

누구는 당신이 봄이라지요.

오는 당신이 설레고,

가는 당신이 아쉬워,

그런 것이겠지요.

누구는 당신이 여름이라지요.

당신의 손길은 바다만큼 인자하고,

당신의 숨결은 햇볕같이 따스해서,

그런 것이겠지요.

누구는 당신이 가을이라지요.

뭐라도 주고 가면 차례 음식처럼 너무도 풍족하고,

당신이 스쳐 가면 가을 하늘처럼 그리움 깊어져서,

그런 것이겠지요.

누구는 당신이 겨울이라지요.

당신의 웃음은 아이 언 손에 닿은 어머니 손 같아서,

당신의 미소는 겨우내 굶주리다 만난 산딸기와 같아서,

그런 것이겠지요.

당신은 나의 사계절이에요.

언제든 찾아와도 아름답고,

언제든 아스라이 그리게 되는.

송곳니

말을 마칠 때마다,

사랑한다는 말이 송곳니까지 나왔어요.

입술이 열리면 나올까 침묵해야 했어요.

내 말은 가볍지 않은데, 내 사랑은 진심인데,

지금 말하면 당신이 오해할까 침묵해요.

어떻게 이럴 수 있을까 싶어요.

레몬 사탕이라도 입에 물고 있는 것처럼

입안이 시어요.

송곳니에 걸린 말을 혀로 굴리면서 버텨요.

언제 튀어나올지 모르겠어요.

입천장을 혀로 긁어대요.

위험해요.

당신 웃음 따라 서서히 입꼬리가 올라가요.

2인용 단어

새로운 단어를 만들어야겠어요.

이 세상에 없었고, 없고, 없을 단어를요.

당신과 내가 죽으면, 세상에서 사라질

2인용 단어가 필요해요.

우리와 함께 태어난 그 단어는

우리라는 나라에서만 사용돼요.

친숙하고 익숙한 발음이면 좋겠어요.

끊김 없이 말할 수 있게요.

길이가 짧았으면 좋겠어요.

너무 많이 말해도 목 아프지 않게요.

보고 싶어요, 같은 말보다도 그리움이 물씬 느껴지고,

사랑해요, 같은 말보다도 사랑이 가득 담겨 있으면서도,

세상의 모든 좋은 단어들보다도 좋은,

그런 단어가 우리에게 필요해요.

가벼운 연애

제게 연애는 무겁기만 합니다.

상대를 사랑하면, 스스로 구속해 버리거든요.

상대가 그걸 원하지 않아도요.

사랑에 규칙이 필요할까요?

사랑을 어떻게 노력하냐는 노래 가사처럼

규칙이 필요한 사랑은 뭔가 이질적으로 느껴집니다.

그렇다고 가벼운 연애를 하고 싶지는 않습니다.

주고 나면, 남는 게 없을 만큼 사랑하고 또 사랑해서,

무겁게 상대의 삶에 남기를 바랍니다.

지지 않은 벚꽃

당신을 만나고, 집에 들어오니 유달리 침대가 비어
보였습니다.

잠들지 못해 선잠이 든 개를 깨워 산책을 갔습니다.

여름이 한껏 찾아와 이마에 땀이 맺혔습니다.

지지 않은 벚꽃을 찾아, 자꾸만 위로 올라갔습니다.

걸음이 느려지고, 개가 혀를 널어놓은 시래기처럼 내어
놓아서야 피다 만 벚꽃이 보였습니다.

마침 바람에 불어 꽃비가 내렸습니다.

달빛을 받은 그것은 비처럼 느껴졌습니다.

개에게 물을 내어주고, 저는 당신을 떠올립니다.

　그리워할 사람이 있다는 게 얼마나 좋은지 모르겠습
니다.

꼬까옷

난 옷을 잘 사지 않아요.

땀이 많아도 여름 한 철, 똑같은 까만 티 열 벌로 버텨요.

스님이라 불려도 상관 안 해요.

그러던 내가 옷을 샀어요.

그것도 백화점에서요.

매대에 당당하게 걸려 있는 그것들은 왠지 모르게

위압적이었어요.

할인도 하지 않아서, 얼마나 더 글을 써야 할지

모르겠어요.

아마 내일 같은 날이 매일이라면 나 파산할지도 몰라요.

방바닥에 옷들을 늘어놓고 잠을 자요.

다음부터는 당신이 직접 골라줬으면 해요.

나 아직은 서투니까.

선크림

주어진 대로 늙어가려 해요.

더 젊어 보이지는 않으려고요.

말은 이렇게 하지만,

내가 귀찮아서 선크림 바르지 않는 걸 당신은 알아요.

당신은 말없이 선크림을 손에 짜고는 내 얼굴에 발라요.

내가 찡그려도 당신은 멈추지 않아요.

내가 고개를 돌리면, 당신은 하얗게 뜬 내 얼굴에

입을 맞춰요.

끈적해요.

주어진 대로 늙어가려 해요.

당신과 함께요.

21년식 사랑

사랑할 수 없는 것을 사랑하려 합니다.

달을 잡으려 물에 뛰어든 옛 시인이

이런 심정이었을까 싶습니다.

이어질 수 없는 이 사랑이 오늘날에

더 알맞은 사랑일지도 모르겠습니다.

만남으로 그치는 인스턴트식 사랑을 원하지 않습니다.

날 위해 희생하고, 헌신하는 사랑도 바라지 않습니다.

이 사랑은,

과거를 보고서 얼마나 아팠을까 공감하고,

함께 현재를 살려 하고,

미래에는 나만의 사랑으로 그치지 않기를 바랍니다.

소유는 사랑이 아니었다지요.

21세기의 21년식 사랑은 이렇습니다.

계절 옷

여름이 왔나 봐요.

옷장 깊숙한 곳에서 옷들을 꺼내요.

나프탈렌 냄새가 지독해서

한동안 정신을 차리지 못해요.

겨울옷들로 가득한 서랍을 비우고서

얇은 옷들로 채워요.

옷장에는 검은 옷들이 많아요.

눈살을 찌푸리는 당신에게 난 농담을 해요.

사계절의 빛을 모두 지니고 싶어서 그렇다고요.

이번 계절에는 어떤 빛을 안고 다닐까 궁금해요.

문득

문득 옆에 당신이 있었으면 좋겠어요.

밥을 먹다가도,

길을 걷다가도,

일을 하다가도,

여행을 가서도,

설령,

내가 부침을 겪더라도,

당신이 불행하더라도.

우리가 더는 우리가 아니게 되는 순간에도,

문득 생각나고,

문득 떠올리고,

문득 추억했으면 해요.

물음

넌 내게 자길 사랑하느냐 물었다.

당연하다는 말에도 너는 계속해서 물었다.

정말이다, 그러지 않으면 널 이리 오래 만날 수가

없다고 말했다.

넌 돌아눕고서 이불을 머리끝까지 덮었다.

난 그런 너를 어르고, 달래려 했지만,

넌 단단히 화가 나 버렸다.

난 그 모습을 보며 웃는다.

난 네가 내게 무슨 말을 원하는지 알고 있다.

그런데 그 말을 하고 나면,

다른 말들은 전부 소용이 없어질 것 같아서,

너를 한껏 애태우고서 말을 하려 한다.

사랑한다.

너를 정말로 사랑한다.

입맞춤

전선 작업을 하던 전기공이 감전을 당했을 경우,
동료는 즉시 그에게 키스한다.
심장에 충격을 주어 다시 뛰게끔 하기 위해서이다.
이렇듯 우리의 입맞춤은 단순히 입술 간 맞닿음으로
끝나지 않는다.
입술은 내면으로 향하는 창窓이자,
상대로 나아가는 승강장이다.
입맞춤은 서로의 출발과 끝에 닿으려는 애절한 몸부림
이자, 멈춘 심장마저 다시 뛰게 하는 두드림이다.

꺼지지 않는 불꽃

새우만 사는 바다에 고래라도 나타난 것처럼,

이 감정은 제가 살아오며 느낀 모든 감정의 총합보다도

거대해요.

예수의 사랑만큼 유다의 배신이 지독하게 보이는 것 같

이, 당신이 지금껏 내게 준 감정은 행복이지만 그림자처

럼 슬픔도 함께 보여요.

그건 너무나 길고도 커서,

내 모든 것을 삼켜버릴 거예요.

그러니,

떠나지 말아요.

옆에 있어 줘요.

내 가슴속 꺼지지 않는 불꽃이 되어줘요.

눈사람

녹지 않는 눈사람은 세상에 없어요.

눈사람을 녹이지 않으려 냉장고에 넣어두어도,

전원이 꺼지는 순간 눈사람은 녹기 시작해요.

녹아내리는 모습을 보며 슬퍼하지 말아요.

잡을 수 없는 것을 잡으려 하는 순간부터

우린 불행해지니까요.

흘러가는 대로 두기를 바라요.

그러면, 눈사람은 녹겠지만 봄이 찾아올 거예요.

그리고, 다음에 찾아올 눈사람은 어떤 모양일지 궁금할

거예요.

달팽이

나는 어디서든 살 수 있다.

펜과 노트 그리고 너만 있다면.

나는 내 직업을 사랑한다.

달팽이처럼 등에는 내가 의지할 종이 더미가 가득하다.

그것들을 팔아가며 나는 너를 천천히 따라다닌다.

그곳이 불구덩이라도 상관없다.

그곳이 깊은 지하여도 상관없다.

너의 옆에는 내가 있을 것이다.

너와 어디든 함께할 수 있는 나를 사랑한다.

필요

나는 너에게 있으나 마나 한 존재가 아니길 바란다.

시계 속 작은 톱니바퀴처럼 내 존재의 절대 크기가

한없이 작더라도, 너에게는 필요한 존재이길 바란다.

이기적인 말로 들리겠지만,

네가 나를 매일 찾기를 바란다.

그리고

나를 찾은 순간

내가 있어, 네가 행복하기를 바란다.

그런 사람

한겨울 노점에서 삼천 원짜리 떡볶이를 나눠 먹으며
웃을 수 있었으면,
택시비가 없어 발이 부르틀 때까지 목적지까지 걸어도
그걸 추억이라 말할 수 있었으면,
사람에게 배신당해 흔들리더라도 옆에 남아주어
날 믿어주었으면,
오롯이 행복한 미래를 바라기보다 슬퍼도 함께
있기를 바랐으면,
내가 너에게 느끼는 것을 동시에 느끼는,
그런 사람이었으면.

부유물

오늘 내가 너에게 한 말은 내 감정의 부유물뿐이었다.

해버린 말이 하지 않은 말보다 너무 많아서, 너에게

감히 내 전부를 전할 수 있을까 싶다.

나는 네가 보고 싶다.

나는 너를 좋아한다.

나는 너를 사랑한다.

이런 말들은 대하소설의 음절 크기이다.

그것들을 모두 건져 내고 나면,

나는 어떻게 너에게 내 마음을 전할 수 있을까?

여행

어딘가로 떠나고 싶을 때, 고개를 돌려 옆을 본다.

네가 내 손을 잡고 있다.

살아있는 너의 모습은 마치 끝나지 않을 영화 같다.

나는 카메라 감독이고, 너는 배우다.

너의 모든 모습을 담아내려, 나는 눈을 감는다.

너만 옆에 있으면 모든 곳이 여행지다.

짝사랑

이루어진 사랑은 진정한 사랑이 아닐 수 있어요.

완성된 사랑에서는 욕심이 피어나요.

욕심은 단내를 풍기는 씨앗과 같아서,

사랑에서 태어나,

사랑을 위해서라며 사랑을 먹고 자라다가

끝내는 사랑 자체를 삼켜요.

행복한 짝사랑은 달라요.

성체가 되지 못한 영근 이 사랑은.

상대의 사랑을 원하지 않아요.

욕심이 침범할 공간에는 염원만이 가득해요.

온전하게 그가 행복하기를 바라요.

이루어질 수 없는 짝사랑이야말로,

진정한 사랑일지도 몰라요.

너와 나 사이

그 많던 사랑 노래는 무엇을 위해 만들어진 것일까?

내가 너에게 하고픈 이야기를 대신하려 만들어진 것은

아닐까, 하고 행복한 착각에 빠져본다.

그렇다고 이별 노래의 주인공이 되지는 않았으면.

너와 나 사이에는

물질이 관여하지 않기를,

타인이 포함되질 않기를,

시간이 작용하지 않기를,

서로가 서로로 인하여 서로가 되기를 바란다.

중력

질량이 큰 물체의 주변 공간은 휘어진다.

그 주변에 있는 물체들은 휘어진 공간을 따라 움직인다.

나는 너에게 이것을 느낀다.

너의 존재는 나에게 너무도 크고, 내가 의식하기도 전에

나는 너의 앞에 있다.

그렇게 다가가다 보면 언제 너에게 충돌할지도 모른다.

몸을 돌리려 하지만, 공간이 휘어져 빠져나갈 수가 없다.

아니,

나는 오히려 그 충돌을 바라고 있는 걸지도 모른다.

너와 부딪히고, 뜨겁게 한데 뭉쳐져서

하나가 되었으면 한다.

손길

그날 당신의 손길을 잊지 못합니다.

내 눌린 머리를, 당신은 손으로 쓰다듬으며

자기가 뭘 말하려는지 맞춰 보라 했죠.

나는 눈을 감고, 떠오르는 것들을 말했습니다.

아쉬움, 슬픔, 애절함.

당신은 웃으며 아니라고 했습니다.

천재들을 여럿 울리던 난제難題 같았습니다.

나는 풀이 죽어 눈을 감습니다.

아직도 그 손길을 떠올립니다.

바람에 가지를 간질이는 잎사귀처럼 당신의 작은 손이

내 뒤를 훑습니다.

정답은 모르겠지만, 나만의 해설을 쓰려 합니다.

다시 만나면 분명 좋을 이 사람아.

24시간

시계를 보지 않았습니다.

커피를 뱁새처럼 빨대로 나눠서 마셨습니다.

날씨가 좋다면서 당신에게 잠깐 어깨에 기대라고

말하고는, 당신이 잠들기를 바랐습니다.

일부러 기차를 늦췄습니다.

한 시간에서 두 시간, 두 시간에서 세 시간.

그래도 열차 시간은 다가왔습니다.

역까지 가는 길에, 평소에는 열 걸음 걸어도 신경 쓰지

않던, 풀린 신발 끈을 풀린 즉시 부여잡습니다.

지각한 직장인처럼 발을 굴리던 저는 그날따라

종종걸음으로 걷습니다.

당신은 늦었다며 제 등을 밀어댑니다.

실랑이하다 보니, 어느덧 떠나야 할 때입니다.

당신은 갔고, 나는 내가 온 곳으로 돌아갑니다.

다시 시계를 보고, 커피를 컵째로 들이킵니다.

긴 걸음으로 걷습니다.

시간이 빨리 가기를 바랍니다.

오래된 연인

네게서 내가 보였다.

내가 웃을 때, 너도 따라 웃었고,

내가 슬퍼할 때, 너도 따라 슬퍼했으니,

우리가 만난 시간 동안 서로의 얼굴에 잡힌 주름의 수는

같을 것이다.

너는 걸을 때 손을 뒤로 해서 잡는다.

나는 걸을 때 손을 앞으로 해서 잡는다.

너는 그게 편하냐며 내게 물었고, 나는 그렇다고 답했다.

이제는 보폭을 맞추지 않는다.

이제는 네가 먹지 않는 음식을 먹지 않는다.

익숙해진 것이 아니다.

우리는 서로 닮아가는 것이다.

기도

우릴 사랑하게 하소서.

척을 진 자들도

무심히 산 자들도 서로 사랑하게 하소서.

총성이 빗발치는 전쟁터의 군인들도

얇은 판넬 하나 두고 죽음을 잊은 채 사는 시민들도

서로 사랑하게 하소서.

시인 없는 그 세상에서

이 혀와 같은 손을 잘라 보이겠나이다.

보기만 해도 행복에 젖고,

닿기만 해도 안아 버리는,

그런 사랑을 우리가 하게 해주소서.

우릴 사랑하게 하소서.

말과 꽃

말은 꽃과 같아서,

아무리 예쁜 말이라도 너에게 닿는 순간 시들고 만다.

꽃의 발화發花가 미美의 극이듯이,

말의 발화發話점에서만 말의 의미는 흩어지지 않고,

온전하다.

그래서 봄은 끊임없이 꽃을 피워내고,

우리는 계속해서 말을 한다.

언젠가 시들 줄 알면서도 네게 꽃다발을 선물하는 것처럼,

말도 의미가 퇴색될 것을 알면서도

나는 네게 말을 한다.

사랑한다, 사랑한다, 사랑한다,

계절이 순환하듯 네게 말한다.

사랑에 관해 쓰지 못한 날

1판 1쇄 펴낸날 2021년 8월 20일

지은이 김준녕

책만듦이 김미정 책꾸밈이 이민현

펴낸곳 채륜서 펴낸이 서채윤
신고 2011년 9월 5일(제2011-43호)
주소 서울시 광진구 자양로 214, 2층(구의동)
대표전화 1811.1488 팩스 02.6442.9442
E-mail book@chaeryun.com Homepage www.chaeryun.com

책값은 뒤표지에 있습니다.
ISBN 979-11-85401-63-8 03810

 채륜(인문·사회), 채륜서(문학), 띠움(과학·예술)은 함께 자라는 나무입니다.
물과 햇빛이 되어주시면 편하게 쉴 수 있는 그늘을 만들어 드리겠습니다.